Lüthje
Grüner Samt

L Ü T H J E

Grüner Samt

Roman

Originalausgabe

Erstauflage

Copyright © 2000 by Dirk Lüthje
Alle Rechte vorbehalten
Lektorat: Karin Weiss
Umschlaggestaltung: Dirk Lüthje
ISBN 3-8311-0660-6
Herstellung: Libri Books On Demand

Für meine Mutter

EINS

Jene Dunkelheit, die alles vor einer Ansicht schützte, lag über der Stadt. Der Wind wehte durch die Bäume. Durch die Bäume, die in öffentlichen Parks standen, und durch jene, die auf privaten Grundstücken standen. Auf großen wie auf kleinen. Vögel schliefen in eben jenen Bäumen, durch die der Wind huschte. In dieser dunklen, klaren, lauen Sommernacht.

Geräusche drangen nur vereinzelt aus den Häusern. Doch verloren sie sich bald danach in der Dunkelheit. Hier und da waren noch Lichter an, schienen durch die Fenster. Gardinen wiegten sich hinter den geöffneten Fenstern im Wind.

Die große herrschaftliche Villa erstrahlte im eigenen Licht, das aus ihrem Innern drang. Auch der Rasen des leicht abfallenden Hanges, auf dem die Villa stand, strahlte so grün in der Nacht. Die umliegenden Bäume schluckten das restliche Licht, bevor es fast hundert Meter weiter erstmals ein anderes Grundstück erreicht hätte. Ab und an huschten ein paar Schatten durch die strahlende Villa, ließen Hektik erahnen. Keine freudige Hektik, wie etwa bei einer Party. Es war eine beunruhigende Hektik, die verunsicherte und von Panik erfüllt war. Im Hintergrund klang immer noch klassische Musik, die unermüdlich von dem CD-Player wiederholt wurde. Niemand nahm sie wahr. Geigen, Flöten, sie spielten ungehört. So ungehört, als wäre Totenstille.

Die Schatten jagten sich. Von einem Raum zum nächsten. Bis sie sich schließlich erreichten.

Wenn tags oder nachts die Autos an dem Grundstück vorbeifuhren oder Passanten vorbeigingen, dann sahen sie nichts als den imposanten Zaun und das große geschwungene Eisentor.

Dahinter lag Geld, das wussten sie. Sie wussten auch, wer sich dahinter verbarg. Bei den Nachbarn beliebt, lebte Familie Claasen in dieser Villa. Steffen mit seiner Frau Inga und ihrer beider Sohn Thomas. Eine Familie, die nicht in die Altersstruktur der Nachbarschaft passte. Steffen mit 38 und Inga mit 35 waren gut 25 Jahre jünger als der Durchschnitt. Sohn Thomas war 12.

Steffen Claasen hatte schon früh begonnen, an seiner Kariere zu arbeiten. Was ihm auch gelungen war. Mit einer gehörigen Portion Glück, aber auch mit viel Sachverstand arbeitete er sich schnell in die Chefetage eines mittelgroßen Konzerns. Dem Patriarchen der Firma nicht unsympathisch, galt er schon bald als Kronprinz. Sollte der 'Alte' eines Tages den Rückzug antreten, war sicher, wer der Nachfolger sein sollte.

Steffen Claasen mochte seinen Job. Mehr noch, er ging in ihm auf. War von früh bis spät in der Firma und gab sich ihr völlig hin. Er wusste um seinen Stand beim 'Alten', und es gefiel ihm. Die Firma bot ihm das, was er erreichen wollte. Es war sein Wunsch, eines Tages an ihrer Spitze zu stehen. Sie ebenso gut zu leiten wie der 'Alte'. Dies zu erreichen, daran arbeitete er.

Inga wusste um seine Ambitionen, und sie unterstützte ihn. Sie genoss das Wachstum ihres Wohlstandes. Die Villa sollte bald abbezahlt sein, dann wären sie frei. Sie liebte die rauschenden Parties, die in unregelmäßigen Abständen veranstaltet wurden. Ob nun bei ihnen im Haus oder bei anderen. Immer galt es, den ausländischen Geschäftspartnern der Firma eine große Party zu bieten. Dafür war die Firma bereits bekannt. Wollten sie ein Geschäft feiern, taten sie es mit Pomp.

Inga gab eine gute Gastgeberin. Sie hatte Witz und Charme. Sie vermochte den Partnern der Firma zu gefallen. Immer war sie für eine Überraschung gut. Sie hatte lange studiert. Erst Architektur, dann Sprachen. Ersteres spiegelte sich immer in ihrem Zuhause wieder, so auch in dieser Villa, und mit ihrer Sprachgewandtheit wickelte sie auf schnellstem Wege die Gäste um ihren kleinen Finger.

Thomas hingegen war der Leidtragende dieser Entwicklung. Sicher kam auch ihm der Wohlstand zugute. Aber menschlich hatte er nichts davon. Inga und Steffen bemühten sich, ihm gute Eltern zu sein. Was Steffen noch weniger gelang als Inga. Seine Vaterschaft begrenzte sich auf den jährlichen Besuch der Schulaufführung und auf den Gute-Nacht-Kuss, wenn Thomas schon schlief. Inga war wenigstens anwesend und zeitweise sogar mit den Gedanken bei ihrem Sohn. Bei so wenig Zuneigung war es verwunderlich, dass er sich trotz dieses Umstandes zu einem freundlichen, zuvorkommenden jungen Menschen entwickelte, der langsam im Begriff war, sich dem Erwachsenwerden zu stellen.

Die Jagd der Schatten endete im Badezimmer. Inga kauerte zusammengesunken über dem Toilettenrand. Über und über mit Erbrochenem besudelt, dessen Geruch sich langsam, aber sicher in jedes Zimmer ihrer Villa ausbreitete.

„Inga, hörst du mich ...!", schrie Steffen sie an. Er schüttelte sie mit beiden Armen, um sie im Kampf gegen ihre Bewusstlosigkeit zu unterstützen.

Aus dem Wohnzimmer drang eine Arie. Die kraftvolle Frauenstimme hallte durch die Villa. Auf dem Boden lagen mehrere geleerte Wodkaflaschen, und auf dem großen Marmortisch ergoss sich die letzte noch angefüllte Flasche.

Stunden hatte Inga damit zugebracht, sich bis zur Bewusstlosigkeit zu betrinken. Ihr Ziel war es, die Einsamkeit nicht spüren zu müssen. Ihr Wohlstand hatte doch seinen Preis. Sie hatte kaum noch Zeit, sich mit ihren alten Freundinnen zu treffen. Und wenn sie sich mit ihnen traf, stellte sie immer wieder fest, dass sie ihnen noch ein weiteres Stückchen fremder geworden war. Ursprünglich kam Inga aus einfachen Verhältnissen, gehörte nicht zur Oberschicht. Nun war sie in der Oberschicht verloren.

Inga war nicht in der Lage, ein klares Wort herauszubringen. Mit jedem Schütteln stieß sie ein heiseres Stöhnen hervor, und aus ihrem Mundwinkel lief weiterhin Erbrochenes.

9

„Was hast du nur wieder getan ...?" Verzweiflung drang aus Steffens Stimme.

„Ich hab gar nichts ...", wieder gab ihr Hals unter dem Gewicht nach, und ihr Kopf sackte zur Seite. Hilflos hielt Steffen sie in seinem Arm und blickte zur weit offen stehenden Tür. Auf den großflächigen weißen Kacheln breitete sich das Erbrochene aus, auch an dem großzügigen runden Whirlpool rannen vereinzelte Tropfen hinunter.

„So schlimm war es noch nie", sagte er.

Ein weiterer mitleidiger Blick traf Inga. Kein Blick, der überrascht war. Er kannte dieses Elend schon.

„So geht es nicht weiter", sagte Doris. „Das kannst du ihr nicht antun."

„Was ist denn nun los ...?", sagte Steffen, als er etwas Warmes an seinen Beinen spürte.

„Nun sieh dir das an. Das gibt es doch nicht."

Verzweifelt sahen sich Doris und Steffen an. Der Stress, der Alkohol waren zu viel für Ingas Blase gewesen. Bewusstlos, im Arm ihres Mannes, erleichterte ihr Körper sich um das Nötigste.

Doris war immer da, wenn Inga sie brauchte. Doris war die einzige Person, die Steffen um Hilfe gebeten hatte, wenn so etwas bisher passiert war. Doris war Ingas drei Jahre jüngere Schwester, die, zwar auch gut verheiratet, aber eben nicht der Oberschicht zuzuordnen war. Wann immer sich Inga in der Vergangenheit hatte gehen lassen, war Doris zur Stelle. Sie wachte an ihrem Bett, wenn Inga sich im Alkoholrausch befand und Steffen ihr nicht zur Seite stehen konnte. Ingas Exzesse waren am Anfang nicht so dramatisch gewesen. Doris verbrachte ein paar Stunden an ihrem Bett, während Steffen in der Firma wichtige Verhandlungen leitete.

Irgendwann hatte alles ganz harmlos auf einer ihrer vielen Parties begonnen. Inga hatte etwas mehr getrunken, was noch niemandem außer Steffen aufgefallen war. Bald aber hatte sie begonnen, ihre Trinkgewohnheiten in ihr einsames Privatleben zu verlagern, um die wichtigen Parties nicht zu gefährden. In diesem Punkt hatte sie eine außerordentliche Selbstdisziplin gehabt, die sie aber immer mehr aufgegeben hatte, wenn sie allein gewesen war. Doch je mehr Steffen sie gebeten hatte, sich zusammenzureißen, umso mehr hatte sie sich dem Alkohol hingegeben. Bis er eines Tages stärker gewesen war als sie.

Doris bemerkte, wie sie zaghaft von der Badezimmertür gedrängt wurde. Thomas schob sich mit versteinertem Gesicht dazwischen. Was immer Thomas in diesem Moment gesehen hatte, wirklich verstehen konnte er es nicht. Er stand neben seiner Tante in der Badezimmertür, starrte auf seine erbarmungswürdige Mutter und seinen hilflosen Vater, der neben ihr hockte. Er war 12 Jahre alt, ein Verstand, der langsam begann, sich zu entwickeln und die um ihn herum geschehenden Dinge zu verstehen. Dieses aber verstand er nicht. Sein Daumen verlor sich irgendwann in seinem Mund, und die Tränen der Fassungslosigkeit traten ihm in die Augen.

„Das solltest du nicht mit ansehen", sagte Doris und nahm ihn in den Arm. Mit sanftem Druck schob sie ihn aus der Tür und brachte ihn zurück in sein Zimmer.

„Leg dich schon mal hin ...", sagte sie, „Ich bin gleich wieder da."

Steffen fühlte sich in diesem Moment noch hilfloser. Er konnte seiner Frau nicht helfen und seinem Sohn auch nicht. Was musste sein Sohn wohl über ihn denken? Er wusste es nicht. Hielt er ihn für den Versager, der es nicht schaffte, eine Familie aufrechtzuerhalten, für den er sich in diesem Moment selber hielt? Er hätte es seinem Sohn nicht verübelt.

Inga bewegte sich wieder und schob alles noch weiter auseinander.
„Na komm ...", sagte Steffen, „... das war heute noch nicht alles."
Mit Nachdruck schob er sich wieder unter ihre Arme.
„Kommst du hier alleine klar?", fragte Doris.
„Natürlich, bleib du erst einmal bei Thomas."
Doris nickte.
„Steffen, ... das schaffen wir schon ...!" Doris wandte sich ab, um wieder zu Thomas zu gehen.
„Ach, Doris !", rief Steffen ihr nach, „ Nimm bitte noch ein Handtuch, und leg es vor die Badezimmertür. Dann bleibt wenigstens alles auf den Kacheln."
„Sicher ..."
Mit ein paar kurzen Handgriffen war die Barriere aufgebaut und der Teppich sicher. Doris machte sich wieder auf den Weg zu Thomas, und Steffen begann mit einer großen Kraftaufwendung damit, seiner Frau die Kleidung auszuziehen. Was immer er ihrem Körper abringen konnte, kam sofort in einen schwarzen Sack. Eine Reinigung war bei der Verschmutzung nicht mehr

möglich. Immer würde ein Hauch des Geruches in den Fasern bleiben.

Doris machte, bevor sie zu Thomas ging, noch am Telefon Halt. Sie hatte ohne Zögern eine Nummer gewählt, auch mit der Gewissheit, dass es schon nach zwei Uhr nachts war.

„Velden ...", meldete sich eine verschlafene Männerstimme.

„Henning ...? Hier ist Doris. Kannst du mir helfen?"

„Doris, ... was ist denn los? Du hast vielleicht Nerven!"

„Inga hat es wieder erwischt. Aber diesmal ist es wirklich schlimm."

„Dann bringt sie ins Krankenhaus!"

„Du weißt, wie sie darüber denken würde. Bitte, Henning, ich möchte nur sichergehen, dass sie die Nacht übersteht."

„Also gut. Ich bin gleich da. Aber gerate nicht gleich in Panik, ich muss mich erst anziehen."

Erleichtert legte Doris den Hörer wieder auf.

Henning Velden war ein langjähriger Freund der Familie und außerdem Arzt. Er kannte die spezifischen Probleme und konnte sich auf diese Weise ein Bild über die Ausmaße von Ingas derzeitigem Zustand machen. Wenn Doris sich dazu genötigt sah, ihn mitten in der Nacht aus dem Bett zu klingeln, dann war es ganz sicher ernst. Mit einigem Unverständnis machte er sich auf den Weg. Seine Freundschaft hatte ihn bisher dazu genötigt nachzugeben. Er hatte schon einige Male hart durchgreifen und Inga einweisen wollen. Er hatte sich aber immer wieder besänftigen lassen. Er machte sich auch diesmal mit der gleichen Absicht wie bisher auf den Weg. Er wollte nicht nachgeben.

Doris kümmerte sich unterdessen wieder rührend um Thomas. Völlig verstört saß er aufrecht in seinem Bett, die Beine nur zur Hälfte zugedeckt, das Licht war aus. Nur das Licht auf dem Flur schien zu ihm ins Zimmer und zeichnete die Umrisse der Zimmertür auf seinen Fußboden. Langsam, fast zärtlich trat Doris in sein Zimmer und setzte sich neben ihn auf das Bett.

Doris wusste nicht, wie er sich fühlte, aber sie sah an seinen Augen, dass er sich fürchtete.

„Dein Vater und ich haben nicht gut genug auf deine Mutter aufgepasst", sagte sie. „Das hätte nicht passieren dürfen."

Die Arie der kraftvollen Frauenstimme hatte ein Ende gefunden.

Es war Ruhe in das Haus eingekehrt. Die Staubteilchen tanzten durch die Luft und zogen von einer brennenden Lampe im Haus zur nächsten. Die Villa wirkte beinahe verwaist. Das Licht brannte überall, doch es bewegte sich nichts. Steffen kämpfte gegen den trägen Körper seiner Frau an, um ihr die restlichen Kleider abzutrotzen. Mehrfach rutschte er dabei auf dem glitschigen Kachelboden aus und drohte den Halt zu verlieren. Glücklicherweise konnte er sich immer wieder rechtzeitig abfangen, sodass er nicht mit seiner Frau im Arm wieder in den Dreck zurückfiel, dem er gerade mühsam entstiegen war.

Doris saß im dunklen Zimmer von Thomas neben ihm auf dem Bett. Das Licht des Flurs lag ihr zu Füßen und sie streichelte seinen Kopf, während er sich immer dichter an sie schmiegte. Wie dankbar war er in diesem Moment für ihre Nähe, für die Geborgenheit, die sie ihm gab.

Einige Minuten saßen sie einfach nur da. Ab und zu drangen ein paar Geräusche aus dem Bad in der unteren Etage zu ihnen nach oben. Das Plätschern des Wassers war zu hören. Hatte er es doch endlich geschafft, sie ihrer Kleider zu entledigen.

„Das wird nicht wieder vorkommen", sagte Doris. „Das war das letzte Mal. Dein Vater und ich werden uns nachher Gedanken darüber machen, was wir tun werden. Du hast es ja selber gesehen. Deiner Mutter geht es im Moment nicht gut. Und das müssen wir ändern."

„Wie wollt ihr das machen?"

„Vielleicht muss deine Mutter mal für eine Zeit lang verreisen, um wieder gesund zu werden. Alleine schafft sie es ja nicht. Und wir allein können ihr auch nicht mehr helfen."

„Aber warum macht sie das?"

„Wenn wir das wüssten, Thomas!"

„Sie macht das schon lange, oder?"

„Na ja, eine ganze Weile. Jetzt solltest du aber wieder schlafen. Du hast schließlich morgen wieder Schule. Dein Vater wird sich bestimmt in den nächsten Tagen mit dir unterhalten, um mit dir zu besprechen, was ihr machen werdet. Du wirst sehen, es kommt alles wieder in Ordnung."

Doris deckte Thomas wieder bis unter das Kinn zu, was er sich in dieser Situation gerne gefallen ließ, auch wenn er eigentlich schon zu alt dafür war. Er war durch ihre beruhigenden Worte wieder etwas besänftigt. Er war wieder ruhig genug, um sich zur Seite zu drehen, um langsam wieder einzuschlafen. Ein paar Minuten blieb

Doris noch in seinem Zimmer stehen. Sah zu, wie sich seine Decke durch sein Atmen anhob und wieder senkte. Es tat ihr in der Seele weh, mit ansehen zu müssen, dass dieser 12-jährige Junge dabei zusehen musste, wie seine Mutter sich langsam um den Verstand trank. Sie sah ihn an und wünschte sich, dass er es einigermaßen gut überstehen würde. Dann hörte sie wieder das Plätschern aus dem Badezimmer.

„Wie weit seid ihr hier?", fragte sie, als sie wieder am Badezimmer angekommen war.
„Fast fertig", sagte Steffen.
Er war schon dabei, seine Frau mit einem Handtuch abzureiben.
„Wir können sie gleich wieder ins Bett bringen. Bleib du nur da draußen. Es reicht, wenn ich mich hier so einsaue."
„Henning kommt gleich noch vorbei", sagte Doris.
„Ist vielleicht besser ...", sagte Steffen zögernd.

Kaum hatten sie Inga in ihr Bett verfrachtet, klingelte es auch schon. Henning kam genau zur rechten Zeit. Inga war gerade im Bett, aber Doris und Steffen waren noch nicht zur Ruhe gekommen. So konnten sie sich besser darauf konzentrieren, was Henning ihnen zu sagen hatte.
„Hallo, Steffen ... Doris."
„Hallo, Henning. Danke, dass du noch gekommen bist."
„Bedanke dich nicht, Steffen. Wir kennen uns lange genug. Aber du weißt, dass ich solche Privataudienzen nicht gutheißen kann. Der einzig richtige Weg wäre der ins Krankenhaus. Genau genommen müsste ihr der Magen ausgepumpt werden, wenn ich mir die leeren Flaschen im Wohnzimmer so ansehe. Aber sie ist ja im Training. Lasst mich nur kurz mit ihr allein. Ich werde sie mir ansehen."

Steffen und Doris gingen zurück ins Wohnzimmer. Nur oberflächlich beseitigten sie die Spuren von Ingas Treiben, um sich dann erschöpft in die Sessel fallen zu lassen. Inga hatte an diesem Abend ihre ganze Kraft gekostet.

Steffen war wieder einmal wesentlich später nach Hause gekommen, als er es geplant hatte, und hatte auf diese Weise die Situation provoziert. Inga hatte schon einige Male ihre Unzufriedenheit über ihr derzeitiges Leben geäußert. Das letzte Mal am selben Morgen. Steffen hatte versprochen, sich mit ihr zu unterhalten. Auch an diesem Morgen wollte er nicht einsehen, dass sie ihre Trinksucht schon lange nicht mehr unter Kontrolle hatte. Er dachte noch immer, sie hätte es. Das zu glauben war auch wesentlich einfacher für ihn, als sich wirklich mit dem Problem seiner Frau auseinander zu setzen. Doch an diesem Abend rächte sich das Leben für sein Desinteresse.

Als er nach Hause kam, fand er ein Chaos vor. Die Musik brüllte. Die Geigen, die Flöten, die kräftigen Frauenstimmen, die Arien schmetterten. Inga war längst nicht mehr ansprechbar. Sie war völlig aufgeregt und hetzte hyperaktiv durch das Haus. Thomas hatte sich verängstigt in sein Zimmer verkrochen. War seine Mutter in dieser Verfassung doch unberechenbar!

Steffen glaubte in diesem Moment noch an einen ihrer üblichen Abstürze und hatte im nächsten Moment Doris angerufen. Sie hatte den besten Zugang zu Inga, wenn sie in dieser Verfassung war. Sie konnte ihre Schwester am ehesten beruhigen und dazu bewegen, sich ins Bett zu legen. Dann erst sah Steffen die vielen leeren Flaschen und das Unheil nahm seinen Lauf. Es dauerte Stunden, bis sich Ingas Aggressivität legte und sie schließlich im Badezimmer zusammenbrach.

„Ihr muss nun endgültig geholfen werden", sagte Henning. „Ich werde sie einweisen."
„Für eine Therapie?"
„Für eine Therapie. Sie hätte es beinahe nicht geschafft. Steffen, was hast du dir dabei gedacht, sie so lange damit allein zu lassen?"
„Ich dachte, sie schafft es."
„So ein Blödsinn! Alkoholiker schaffen es niemals allein. So naiv kannst nicht einmal du sein."
Betroffenes Schweigen breitete sich aus. Steffen wusste, dass Henning Recht hatte. Er hatte es sich zu einfach gemacht. Hatte einfach nicht sehen wollen, dass seine Frau Probleme hatte. Sie fand einfach keine Erfüllung in ihrem Leben, und so flüchtete sie sich in ihr Verderben.
Steffen und Doris waren mit ihren Kräften am Ende. Henning saß übermüdet zwischen ihnen und schrieb in seinen Unterlagen.
„Hier sind ein paar gute Adressen", sagte er. „Sie wird eine ganze Zeit brauchen, bis sie wieder trocken ist."
„Wie lange?"
„Mach dir keine Hoffnungen! So schnell wird es nicht gehen." Henning sah in beider Gesichter, dass sie seine pessimistische Aussage nicht erwartet hatten.
„Nehmt mir das bitte nicht übel, aber ich muss wieder in mein Bett zurück. Ich habe auch morgen wieder einen harten Tag in der Klinik. Was Inga angeht, sie wird jetzt erst einmal schlafen. Vielleicht wird sie sogar morgen noch den ganzen Tag durchschlafen. Jedenfalls musst du zu einer Entscheidung kommen, Steffen." Henning atmete

durch und stand auf. „Ich wünsche euch noch eine schöne Nacht."

„Mach's gut ... und danke."

Benommen blieben Doris und Steffen im Wohnzimmer zurück. Niedergeschlagen von dem harten Tag, aufgewühlt durch Ingas extreme Entgleisung und geschockt von der düsteren Prognose ihres Freundes. Schweigend starrten sie ins Leere. Der Alkohol stank noch immer bestialisch und seine Spuren waren im ganzen Wohnzimmer unübersehbar.

Lange saßen sie einfach nur da. Fast eine halbe Stunde. Es war halb vier in der Nacht.

„Was wirst du tun? Du weißt, dass Henning Recht hat."

„Ich weiß, ... aber was soll ich tun? Was bleibt mir denn übrig? Du hast Henning gehört. Sie wird lange brauchen, bis sie wieder die Alte ist. Natürlich muss sie in eine Therapie. Vielleicht sogar in zwei oder drei. Solange es eben dauert. Aber es zerstört unsere Familie."

„Die Therapie nicht! Der Alkohol zerstört eure Familie, und er hat es schon."

„Ich weiß nicht, ob ich die Kraft dazu habe."

„Du musst sie haben, für Inga und für Thomas."

„Für Thomas ... Was wird aus ihm, wenn seine Mutter nicht da ist?"

„Dann wirst du dich wohl um ihn kümmern müssen."

„Doris, du weißt genau, dass das nicht möglich ist."

Die meisten Lichter im Haus waren gelöscht. Nur im Wohnzimmer, wo Doris und Steffen die Zukunft berieten, brannte noch Licht. Die Hektik, die Lautstärke waren der Ruhe gewichen.

„Du bist so egoistisch, Steffen!"

„Das hat nichts mit Egoismus zu tun. Ich kann es mir einfach nicht leisten. Ich habe die Zeit nicht. Und es war nicht nur mein Wunsch."

„Ja, ja ich weiß ... Inga war genauso verrückt wie du."

„Wir wollten beide, dass ich möglichst schnell nach oben komme. Allerdings hatten wir beide nicht gedacht, dass es uns so schwer fallen würde, die Kraft dafür im Privatleben aufzubringen."

„Ihr hättet einfach nicht in diesem Tempo weitermachen dürfen. Du hast doch schon vor über einem Jahr bemerkt, dass sie es nicht schafft. Thomas hat sie nicht ausgefüllt. Wahrscheinlich störte er sie sogar. Und nur die Gastgeberin für eure Geschäftspartner zu sein war ihr zu wenig. Dafür hat sie nicht studiert."

„Doris, ich finde, du gehst zu weit! Wir lieben Thomas."

„Das habe ich nicht bestritten! Aber beim Aufbau deiner Karriere ist er euch immer eine Last gewesen. Seit seiner Geburt. Und das ist kein Wunder, bei dem Tempo, das ihr vorgelegt habt."

Steffen konnte nicht widersprechen. Tief in seinem Inneren dachte er wirklich so. Er hatte es seinen Sohn nie spüren lassen. Aber so manches Mal dachte er sich, wie weit er und Inga wohl wären, wenn Thomas nicht so früh geboren worden wäre.

Er schwieg, und Doris wartete lange auf eine Reaktion.

„Wenn sie nur etwas länger durchgehalten hätte ...", sagte er dann zögerlich.

„Wie meinst du das?"

„Meine Karriere. Wir sind praktisch am Ziel. Ich bin heute zum stellvertretenden Direktor ernannt worden.

Darum kam ich erst so spät nach Hause. Der 'Alte' hatte sich sehr lange mit dieser Entscheidung Zeit gelassen."

Doris sah ihn an. Nicht erfreut, schließlich ging es ihrer Schwester sehr schlecht, aber sie wusste auch, was es ihnen beiden bedeutete.

„Ich bin nach Hause gefahren, und habe mir die ganze Zeit vorgestellt, wie ich es ihr sage. Und ich hatte mir vorgestellt, wie sie wohl reagieren würde. Was sie für ein Gesicht machen würde. Wir hatten so lange auf dieses Ziel hin gearbeitet. Und ausgerechnet heute musste so etwas passieren."

„Es passierte ja nicht erst heute", sagte Doris.

„Es könnte so perfekt sein, aber es ist alles kaputt. Inga muss in eine Therapie, und ich muss mich entscheiden, was ich machen soll. Ich stehe vor dem Erreichen meiner Träume und ich kann mich nicht hundertprozentig darauf konzentrieren, weil ich nicht weiß, was ich jetzt mit Thomas machen soll. Ich bin über zwölf Stunden am Tag in der Firma ..."

„Ach Steffen, Thomas ist stärker, als du glaubst. Er ist im Moment nur etwas verunsichert. Er ist alt genug, um es bald zu begreifen. Vielleicht solltest du ihn bei uns wohnen lassen."

„Nein, Doris, ihr habt selber Kinder. Es wäre für so lange, wie Inga nicht zu Hause ist. Und wir wissen nicht, wie lange das dauert."

„Aber es macht uns nichts aus ..."

„Aber mir macht es was aus! Mir schwebt etwas anderes vor."

„Und was?", fragte Doris neugierig.

„Ich werde Thomas in ein Internat geben. Da wird er nicht eine Minute allein sein. Er wird dort lernen können, und er wird dort auch erzogen werden."

„In ein Heim ...?" Doris war erschrocken.

„Kein Heim, Doris. Ein Internat ... ein gutes Internat. Es wird ihm gut tun."

„Du machst es dir wirklich sehr einfach, Steffen! Schiebst deinen Sohn einfach in ein Internat ab."

„Das hat doch nichts mit Abschieben zu tun!", empörte sich Steffen. „Es ist doch nicht das erste Mal, dass ein Junge im Internat aufwächst. Und außerdem sehe ich es auch als Verpflichtung an. Ich werde zum Beispiel versuchen, jedes Wochenende mit ihm zu verbringen, und ich werde mich auch sonst um ihn kümmern. Ich bin mir wirklich im Klaren, dass seine Mutter jetzt nicht für ihn da sein kann und dass er jetzt einen Vater braucht. Mehr denn je."

Doris war skeptisch. Sie konnte Steffens Entscheidung nichts abgewinnen. Eigentlich war sie total gegen eine solche Entscheidung. Andererseits war ihr aber nicht klar, dass sie ihren Vorschlag, Thomas bei sich aufzunehmen, auch nicht durchdacht hatte. Es wäre nur eine Frage der Zeit gewesen, und Thomas wäre eine zu große Belastung geworden. Wie lange hätte sie ihn aufnehmen müssen? Wer konnte das schon beantworten.

„Du bist dir wirklich sicher?", wollte sie wissen.

„Was heißt sicher? Es bleibt doch keine andere Möglichkeit. Ich kann mich doch jetzt, in diesem Moment nicht aus der Firma zurückziehen. Auch wenn es nur teilweise wäre. Das würde unsere Zukunft, wie Inga und ich sie uns immer gewünscht hatten, gefährden. Ich werde es durchziehen! Trotz der Probleme, die wir haben, oder vielleicht auch wegen. Und ich scheue mich jetzt auch nicht, solche radikalen Entscheidungen zu treffen. Inga wird sich so lange pflegen, bis sie sich wieder ganz erholt hat, und Thomas wird genauso lange in einem Internat leben. Komme, was da wolle!"

Es dämmerte bereits. Die Nacht war bereit, sich wieder zurückzuziehen und dem Tag das Feld zu überlassen. Die ersten Lichtstrahlen brachen sich an den Schleierwolken, die lautlos am Himmel entlangzogen.
Doris und Steffen saßen noch immer im Wohnzimmer und erholten sich von den Strapazen. Die Nacht war ihnen ins Gesicht gezeichnet. Dicke Ringe unter den Augen deuteten heftige Turbulenzen an. Doris' Mann musste zu dieser Zeit schon wieder unter der Dusche stehen und sich wenige Minuten später wieder auf den Weg zur Arbeit machen.

Für Steffen hatten diese Uhrzeit und die Morgendämmerung keine Bedeutung. Vielleicht hätte er mit Inga genauso lange seine Beförderung gefeiert und mit Champagner begossen, wie er jetzt damit beschäftigt gewesen war, seine Frau dem Alkohol zu entreißen und mit ihrer Schwester wichtige Entscheidungen zu besprechen. Ganz sicher hatte er sich die Nacht ganz anders vorgestellt. Erfreulicher. Aber sie war es nun einmal nicht gewesen.
Vielleicht hätte er die ganze Entwicklung verhindern können, wenn er die Probleme seiner Frau nicht so gleichgültig übersehen hätte.

Inga schlief den Schlaf der Gerechten. Auch Thomas schlief sich den Kummer von der Seele. Gerade ihm würde noch eine große Veränderung bevorstehen, mit der er noch 24 Stunden früher nicht hatte rechnen können. Sie wäre vielleicht nicht einmal nötig gewesen, wenn sein

Vater nicht diese Beförderung erhalten hätte. Möglicherweise hätten seine Eltern dann doch ein wenig das Tempo herausgenommen. Doch so litten sie alle. Jeder auf seine Weise, und mit der Bürde, die ihm aufgetragen.

ZWEI

Drei Jahre später.

Ein ähnlich warmer Sommer, wie er die letzten Jahre auch schon immer ausgefallen war, deutete sich an. Viel Sonne und wenig Regen. Wenn es regnete, dann tat es das meistens in der Nacht, sodass es niemanden störte. Wahrscheinlich hätte es auch am Tage nur ganz wenige Leute gestört. Wäre die Abkühlung doch eine willkommene Alternative zum heißen Sommerwetter. Auf den Straßen herrschte noch gähnende Leere. Nur die erste Schicht von Bussen machte sich aus ihren Depots auf den Weg. Es war etwa halb fünf in der Früh.

Im langen Flur der Gemeinschaftsdusche der Männer sammelte sich der Wasserdampf. Horst Wendenberg duschte immer heiß. Ihm war es egal, wie warm es war oder wie warm es noch werden würde. Er brauchte am frühen Morgen seine heiße Dusche. Normalerweise duschte Horst, genau wie alle anderen auch, morgens zu Hause. Nur ging dies in diesen Tagen nicht, weil die Handwerker sämtliche Wasserrohre im Haus austauschten. Selbst die Toilettenspülung funktionierte nicht, und sie mussten sich mit einer bereitgestellten Chemietoilette begnügen.

Es war hart, und es sollte noch mindestens zwei Tage dauern.

Horst bereitete sich gerade auf seinen Arbeitstag vor. Das war ungewöhnlich für ihn. Normalerweise kam er um diese Uhrzeit von der Arbeit nach Hause. Horst hatte einen jener Jobs, die das pulsierende Leben einer Großstadt gehörig durcheinander bringen konnten. Daher waren alle Beteiligten immer sehr sorgsam darum bemüht, dass er und seine Kollegen ihre Arbeit nachts erledigten.

Horst war Leiter einer Staffel von vier Männern, die Schwertransporte durchführten, an die sich sonst kein Lastwagenfahrer herantrauen würde. Es waren jene Schwertransporte, die es erforderlich machten, dass ganze Ampelanlagen abgebaut werden mussten. Ganze Straßenzüge mussten gesperrt werden, weil sie mit den Lastwagen auf einer vierspurigen Hauptstraße leicht alle vier Spuren einnahmen, wenn sie in die Kurven fuhren. Sie waren Künstler, und Horst war der Beste von ihnen. Sie, die sie die tonnenschweren Bauten oder Module mit einer lässigen Leichtigkeit über die Straßen von einem Ort zum anderen zauberten. Horst liebte seinen Beruf, und an diesem Tag stand ihm ein besonderer Auftrag bevor.

„Sind die Handwerker immer noch nicht fertig?", hallte es ihm entgegen, als er die Umkleidekabine betrat.

„Lass die dummen Sprüche ..."

Seine drei Kollegen warteten schon auf ihn. Auch sie waren es nicht gewohnt, zu dieser Zeit zur Arbeit zu gehen.

„Ich bin gleich soweit", sagte Horst.

„Wir warten draußen."

Auf dem großen Hof der Transportfirma warteten auch die Wagen auf ihren Einsatz. Ein imposanter, fast schon Ehrfurcht einflößender Tieflader. Ein Lastwagen von atemberaubender Größe, der leicht andere große Sattelschlepper huckepack nehmen konnte. Eingerahmt war dieses Gefährt vorn und hinten von je einem Begleitfahrzeug. Ein imposanter Zug, bei dessen Anblick jedem klar war, warum er normalerweise nur nachts eingesetzt wurde. Doch dieser Auftrag war anders. Vertragliche Bedingungen machten es notwendig, dass der Transport tagsüber vorgenommen wurde. Zu einer Zeit, in der er zu großen Behinderungen führen musste. Auch später noch, im Feierabendverkehr.

„Zeig' mir noch einmal den Plan", sagte Horst, als er hinaus zu seinen Kollegen kam.

Auf der Motorhaube eines der Begleitwagen breiteten sie die Straßenkarte aus. Es war eine jener Straßenkarten, die alle Besonderheiten jeder Straße katalogisiert hatten: Belastbarkeit über besonders große Siele, die Höhen und Breiten sämtlicher Brücken, sogar die Anzahl der Ampeln und deren Abstand zu einander waren verzeichnet.

„Also", meinte Horst, „die Route ist klar. Zum Hafen sollten wir keine Probleme haben. Der Verkehr sollte auch kein Problem sein, schließlich fahren alle in die Stadt hinein, und wir fahren hinaus. Ich sehe da keine Probleme."

Die Kollegen nickten zustimmend.

„Heinz, du nimmst den Wagen vorn, Dieter hinten und du, Klaus, fährst wieder bei mir, wie immer ...", damit gab Horst das Zeichen zum Start.

Mit einer überraschenden Leichtigkeit sprangen die vier in ihre Wagen. Sie waren immerhin alle Mitte fünfzig. Aber sie waren ein eingespieltes Team. Neun Jahre arbeiteten sie nun schon zusammen. Noch nie hatten sie wirklich ernsthafte Schwierigkeiten bei einem Auftrag. Lediglich einmal drohte die Ladung, ein Brückenteil, vom Hänger zu rutschen, was es glücklicherweise dann doch nicht tat. Nichts konnte sie wirklich aus der Ruhe bringen.

Wie Horst vorausgesehen hatte, hatten sie keinerlei Probleme bei der Fahrt. So flachsten Horst und Klaus herum, wenn sie aus ihrer hohen Fahrerkabine hinunter in die offenen Cabrios sehen konnten, in denen nur leicht bekleidete Frauen auf dem Weg zur Arbeit saßen.

Vor ihnen wechselte eine Ampel auf Rot.

„Ich werde jetzt auf die mittlere Spur wechseln", sagte Horst in sein Funkgerät. „Heinz, Dieter, ihr sichert bitte die rechte Spur. Nicht, dass da noch einer dazwischenhuscht."

„Geht in Ordnung."

„Verstanden, hier hinten ist alles sicher."

Ihnen stand nichts wirklich Schwieriges bevor. Lediglich eine lange, aber relativ enge Kurve. Und da Horst nicht sämtliche Straßenbäume niederfahren wollte, musste er etwas weiter ausholen. Ein einfaches Manöver.

„Klaus, direkt neben uns ist alles in Ordnung, oder?"

„Alles klar, keine Kinder."

Hinter ihnen staute sich der Verkehr nun doch etwas. Horst stand mitten auf der Fahrbahn und Dieter und Heinz versperrten die rechte Spur.

Behäbig setzte sich der große Wagen wieder in Bewegung. Ohne Probleme kam Horst um die Kurve herum, und nach kurzer Zeit war der Wagen auch wieder in Fahrt gekommen.

Es war nicht ganz sieben, als sie an ihrem Ziel ankamen. Sie fuhren direkt auf den Kai und warteten auf das Schiff, das ihre Ladung bringen sollte. Im Hafenbecken war es schon zu erkennen, wie es sich gerade mithilfe zweier Schlepper um die eigene Achse drehte.

„Na dann sind wir ja pünktlich", meinte Horst.

Ein großer Tag kündigte sich auch für Steffen an, als er um diese Zeit von seinem Wecker aus dem Schlaf gerissen wurde. Es war nicht leicht für ihn. Er hatte am Vorabend kaum in den Schlaf finden können. Viel zu viel hatte er an den bevorstehenden Tag denken müssen. Stunden um Stunden hatte er sich im Bett hin und her gedreht. Immer und immer wieder. Bis ihn die Knochen geschmerzt hatten.

Doch irgendwann nach Stunden hatte ihn die Müdigkeit dann doch übermannt, und er war endlich eingeschlafen. Es war bei weitem nicht genug Schlaf gewesen, den er bekommen hatte. Weniger als drei Stunden. Und schon jetzt, kurz nach dem Aufstehen, rannte ihm die Zeit erneut davon. Hastig erledigte er die Morgendusche und zwang sich den Kaffee die Kehle hinunter. An seinem Spiegelbild im Fenster bemerkte er, dass er seine Krawatte noch einmal richten musste. Genervt, aber lässig mit einer Hand erledigte er auch das.

„Guten Morgen, Herr Claasen." Die Haushälterin kam in diesem Moment herein und verteilte als Erstes ihre Taschen auf dem Küchentisch.
„Guten Morgen, Frau Kastrow."
„Sie haben nicht genug gegessen, Herr Claasen."
„Ich habe gar nichts gegessen."
„Sehen Sie, das ist es doch, was ich meine. Sie haben einen langen Tag vor sich und essen nicht einmal etwas."
„Ich werde mir in der Firma etwas bringen lassen."
„Ja, ja, das sagen sie alle ... und dann bekommen sie einen Herzinfarkt, weil Sie immer noch nichts gegessen haben. Glauben Sie mir, ich kenne das."
„Sie immer mit Ihren Schauergeschichten." Steffen griff sich seinen Aktenkoffer und wandte sich ab zur Tür.
„Für heute ist alles klar, oder, Frau Kastrow?"
„Ja natürlich, wir haben das alles schon ein paar Mal besprochen."
„Ach, und danke, dass sie heute so früh gekommen sind. Bis heute Abend ..."
Frau Kastrow konnte den Gruß nicht mehr erwidern. Die Tür war schon hinter Steffen ins Schloss gefallen.
„Na ja", sagte sie, „dann wollen wir mal ..."

„Verdammt - schon nach sieben!", fluchte Steffen, als er zum Auto hetzte. Er sprang hinein, und mit heulendem Motor fuhr er davon.

Frau Kastrow begann damit, die Girlanden auszupacken und sie vor sich ordentlich auf dem Fußboden auszubreiten. Sie hatte ihr eigenes System entwickelt. Sie legte sich immer alles vor sich hin. Erst dann konnte sie sich einen genügenden Überblick über das Vorhandene verschaffen. Ihr genügten keine Karteikarten oder Listen, wie anderen Leuten.

Nur mit Mühe schaffte Steffen die auf Rot wechselnde Ampel noch. An diesem Tag mussten wirklich wieder alle Dinge auf einmal geschehen. Einerseits freute er sich schon seit Wochen auf diesen Tag, andererseits hatte es drei Tage vorher eine sehr schlechte Nachricht von einer gut informierten Quelle gegeben. Er hatte wirklich viel zu erledigen.

Bereits zwei Stunden vor seinem normalen Arbeitsbeginn kam Steffen in der Firma an. Auf dem Firmenparkplatz war er weit und breit der Einzige, und in dem gesamten Gebäude war nicht ein einziger Ton zu hören. Lediglich die Klimaanlage schaltete sich ab und zu ein und surrte leise im Hintergrund. Gerade in seinem Büro angekommen, begann Steffen ohne zu zögern damit, einige seiner Akten, die er sich am Vortag zurechtgelegt hatte, zu sichten. Er war derartig vertieft, dass er nicht einmal bemerkte, wie nach und nach auch die anderen Mitarbeiter das Gebäude füllten.

Weit ab von der Stadt, in der schon hektische Betriebsamkeit herrschte, wo unzählige Autos damit beschäftigt waren, ihre Fahrer zur Arbeit zu bringen, saß Inga an einem hohen Fenster eines hohen Raumes. Ein Raum, der den Charakter eines Hotelzimmers erster Güte präsentierte. Sie blickte hinaus auf einen großen Park, der an allen Seiten umgeben von unzähligen Tannen und Fichten langsam im Morgengrauen erwachte.

Inga hatte sich bewusst ihren Wecker etwas früher als üblich gestellt. Sie wollte ein letztes Mal die Ruhe genießen, bevor sie wieder in das hektische Treiben der Stadt eintauchte. Es war der Tag ihrer Rückkehr. Der lang ersehnte Tag, von dem niemand gedacht hatte, dass er in so weiter Ferne liegen würde. Inga war von unzähligen Rückschlägen in ihrer Therapie geplagt. Der Alkohol hatte ihr schon gewaltig zugesetzt. Es war ein größerer Teil in ihr zerstört gewesen, als sie es je vermutet hätte. Aber nach diesen drei langen Jahren hatte sie es schließlich doch geschafft. Sie galt als vom Alkohol geheilt. Gefahrlos konnte sie sich wieder in einem Raum mit ihrem Feind aufhalten. Es machte ihr nichts mehr aus. Sie hatte in den drei Jahren gelernt, den Alkohol zu respektieren und seine zerstörerische Kraft zu fürchten.

Viele Therapien hatte sie bis zu ihrer Unabhängigkeit benötigt. Die letzte, für fast ein Jahr, in dieser sagenhaften Idylle, in einem vierhundert Jahre alten Schloss, mitten auf der grünen Wiese.

An diesem Tag hieß es nun für sie Abschied nehmen. Sich verabschieden von dem wundervollen Ausblick aus ihrem Fenster und von dem, in letzter Zeit, sorglosen Leben. Sie kehrte zurück in ihre alte Welt, an die Seite ihres Mannes, der sie sehnsüchtig erwartete, und in ihre Aufgabe als

Mutter. Sie freute sich darauf, hatte aber auch Angst. Und da sie ihrer Angst nicht allein begegnen wollte, hatte sie Doris gebeten, sie abzuholen.

Als Inga sich von dem Ausblick verabschiedet hatte und ihre Koffer zur Abholung bereit an die Zimmertür stellte, war Frau Kastrow gerade dabei, die Girlanden im Wohnzimmer der Claasens aufzuhängen. Sie hatte noch eine Menge an diesem Tag vorzubereiten. Dafür hatte sie aber auch fast den ganzen Tag Zeit. Um ihr die Zeit dabei so angenehm wie möglich zu gestalten, spielte im Hintergrund unermüdlich das Radio.

Inga trat auf den noch menschenleeren Flur des Schlosses und ging zum Frühstücksraum. Ein letztes Mal in Ruhe die Gemälde im Flur zu betrachten, das hatte sie sich vorgenommen, und sie tat es. Gute Freunde waren sie ihr in den vergangenen Monaten geworden.
„Frau Claasen, was machen Sie denn schon so früh auf den Beinen?", fragte eine sanfte Stimme aus dem Hintergrund. Mit kleinen, bemüht lautlosen Schritten kam die Leiterin des Therapiezentrums auf Inga zu.
„Ich wollte noch einmal alles in Ruhe an mir vorbeiziehen lassen."
„Das kann ich gut verstehen."
„Ich glaube, es klingt komisch, aber irgendwie habe ich das hier alles sehr lieb gewonnen. Es ist so eine Art Heimat, die ich verlasse."
„Das kann ich gut verstehen, Frau Claasen, das geht vielen am Tag des Abschieds so. Aber Sie werden sehen: Am Ende überwiegt die Freude darüber, dass Sie wieder in Ihrem wirklichen Zuhause sind."
„Meinen Sie, dass es das noch ist? Nach drei Jahren?"

33

„Das ist es noch immer, glauben Sie mir. Ihre Familie ist dort. Hier war sie nicht. Allein das macht es schon zu Ihrem Zuhause."

Hoffend sah Inga sie an. Sie vertraute auf die Worte und hoffte inständig, dass es wirklich so war.

„In einer Stunde gibt es Frühstück, Frau Claasen. Ruhen Sie sich bis dahin noch ein wenig aus."

Frau Dr. Zeibel zog sich ebenso lautlos, wie sie gekommen war, auch wieder in ihre Privaträume zurück. Inga dachte in dem Moment, als sie Dr. Zeibel nachsah, dass sie in ihrem Hausmantel ebenso als Patientin gelten könnte wie alle anderen auch. Sie hatte in diesem Aufzug so gar nichts von ihrer Strenge, von ihrer Autorität. Ihre Haare saßen locker, sie war hinter der Fassade des Arztes tatsächlich auch bloß eine Frau.

Inga schlenderte noch ein wenig durch die Gänge und setzte sich dann schließlich in den Frühstücksraum, um die Ruhe zu genießen. Kaum etwas deutete darauf hin, dass sich in kürzester Zeit in diesem Raum etliche Menschen zum Frühstück tummeln würden. Es duftete weder nach frischen Brötchen noch nach frischem Kaffee. Lediglich die Tische waren schon am Vorabend gedeckt worden.

Erst nach und nach kamen auch andere Frühaufsteher, um vor dem Frühstück noch einmal in Ruhe innezuhalten. Auch Dr. Zeibel tauchte wieder auf. Nun in ihrer gewohnten Kleidung, strahlte sie wieder jene Autorität aus, die ihr noch eine halbe Stunde vorher gefehlt hatte. Auch die Strenge war wieder in ihr Gesicht geschrieben.

„Na, Inga! Letzter Tag, was?"

Ein heftiger, aber gut gemeinter Schlag traf sie auf dem Rücken. Karla war bestens gelaunt in den Frühstückssaal gestürmt und hatte sich ungefragt neben Inga gesetzt.

„Stimmt, um elf geht's los ..."

„Hast du wieder ein Glück! Ich muss noch drei Monate aushalten."

„Die drei Monate schaffst du auch noch. Außerdem sind sie ja nicht umsonst."

„Hört ihr das?", wandte Karla sich den anderen am Tisch zu, „Kaum, dass Inga nach Hause kann, wird sie auch schon überheblich."

Die Runde begann zu lachen. Erst fröhlich, dann wehleidig. Es war doch immer wieder so, dass ihre Gemeinschaft auseinander gerissen wurde, wenn eine von ihnen nach Hause konnte. Sie boten sich gegenseitig Halt im Kampf gegen ihren Feind, und jedes Mal, wenn eine von ihnen es geschafft hatte, mussten sie mit einer Unterstützung weniger auskommen.

„Du hast es verdient", hallte es vom anderen Ende des Tisches.

Inga lächelte verlegen.

Als es an der Glasscheibe der Tür zu Steffens Büro klopfte, fuhr er erschrocken zusammen. So vertieft war er in seine Akten gewesen. Walter, der 'Alte', lugte durch die Tür.

„Steffen, Sie kommen gleich noch mal bitte zu mir ..."

„Ja, sicher, Walter, ... einen Moment."

Ebenso überraschend, wie er gekommen war, verschwand Walter auch wieder. Angespannt sortierte Steffen seine Akten und überlegte verbissen, ob er auch nichts vergessen hatte. Wie fatal könnte sich das auswirken!

Die Akten unter den Arm geklemmt, machte Steffen sich auf den Weg zu Walter.

Wie ein sanfter Riese schob sich das Schiff an den Kai. Immer mit genügend Abstand zwischen sich und dem Kai, brachte sich das Schiff in die richtige Position.

„Das die für so etwas immer so lange brauchen...", sagte Horst zu seinen Kollegen. „Und jetzt noch einmal eine Stunde, bevor die anfangen abzuladen", fuhr er fort.

Mit einer Zigarette nach der anderen vertrieben Horst und seine Kollegen sich ihre lange Wartezeit, während auf dem Schiff hektische Betriebsamkeit herrschte.

„Steffen, ... kommen Sie rein!"

Walter saß mit betrübtem Gesichtsausdruck in seinem Ohrensessel. Vor ihm auf dem großzügigen Mahagonischreibtisch hatte er sich einige Akten ausgebreitet. Mal sah er diese betrübt an und mal Steffen.

„Setzen Sie sich ..."

„Und ... wie haben Sie geschlafen, Walter?" Auch Steffen klang besorgt.

„Nun, vermutlich nicht ganz so gut wie Sie. Sie haben wenigstens noch Ihre Familie."

Ihrer beider Blicke mochten sich nicht treffen.

„Haben Sie noch etwas herausbekommen?", fragte Walter.

„Ich treffe mich heute Mittag noch mit jemandem, der vielleicht noch etwas weiß."

„Es wird schwierig zu kämpfen, wenn man nicht weiß, gegen wen."

„Walter, ich gebe mein Bestes!"

„Ich weiß, Steffen, ich weiß. Aber es tut nun einmal weh, wenn einem alles genommen werden soll. Ich habe diese Firma von Anfang an aufgebaut ..."

„Es ist noch nichts verloren."

„Sie sind so optimistisch, Steffen. Wie sollen wir eine Übernahme verhindern, wenn wir nicht einmal wissen, was geboten wird?"

„Ich bin nach wie vor dran, noch mehr herauszufinden."

„Nur schade, dass ich keine Kontakte mehr habe. Ich hätte mich nicht so weit zurückziehen dürfen."

„Sie haben sich nicht zurückgezogen, Walter. Ihre Kontakte, die Partner von damals sind weggestorben. Sie sind der Einzige, der noch von der alten Garde übrig geblieben ist."

„Na ja, ab morgen werde dann wohl auch ich Geschichte sein." Walter machte ein paar Schritte durch sein Büro. Er schlenderte herum, ließ seine Hand über die verschiedenen Möbelstücke streifen und blieb dann am Fenster stehen. Mit schwerem Herzen sah er hinaus und beobachtete das Treiben auf der Straße, weit unter ihm.

„Wie meinen Sie das?" Steffen sah seinen Chef fragend an.

„Sollten wir tatsächlich übernommen werden, werde ich meine restlichen Anteile verkaufen und mich zurückziehen."

„Sie wollen aufgeben?"

„Was hat das mit Aufgeben zu tun, wenn ich nach 55 Jahren die Segel streiche? Ich habe ein wenig Ruhestand wohl verdient, oder?"

„Nur, dass dies noch nicht Ihre Zeit ist."

„Ach, hören Sie auf, Steffen! Ich will keine 100 auf diesem Stuhl werden!"

„Wie dem auch sei ... Ich habe heute Mittag noch ein Treffen, und außerdem ist der Tag noch längst nicht vorbei."

Voller Tatendrang, aber auch mit großem Druck aus der Situation heraus machte Steffen sich wieder auf.

„Versuchen Sie, uns zu retten, Steffen!"

„Keine Sorge, Walter. Das werde ich!"

Unruhig sah Steffen auf seine Uhr, während er von einem Büro zum nächsten eilte. Er hatte das Gefühl, als ob ihm die Zeit davonrennen würde. Dabei war es noch nicht einmal neun Uhr. Auch Walter war sehr früh in der Firma erschienen.

Während Steffen weiterhin versuchte, noch weitere Informationen über die noch unbekannte Firma zu bekommen, die Walters Firma übernehmen wollte, gab Walter sich in seinem Büro seinen Gedanken hin. Er sah nach wie vor aus seinem Büro dem Treiben auf der Straße zu. Er hatte sich schon fast damit abgefunden, dass er bald nicht mehr der Herr über seine eigene Firma sein würde. Er dachte an die lange Zeit, in der er die Firma zu einem florierenden Unternehmen aufgebaut hatte. Er war von jeher mit seinem Herzblut mit der Firma verbunden. Um so mehr schmerzte es ihn, dass er mit seinen alten Tugenden in der derzeitigen emotionslosen Zeit dem Druck und den neuen Gepflogenheiten in der Geschäftswelt nicht mehr gewachsen war. Selbst Steffen konnte er nicht mehr folgen. Und wenn er seinem eigenen Vize und designierten Nachfolger nicht mehr folgen konnte, konnte er den Managern in den Konkurrenzfirmen erst recht nicht mehr folgen und ihre Strategien erkennen. Er war ein Dinosaurier, der zum Aussterben verdammt war.

Die Girlanden zur Begrüßung von Inga hatte Frau Kastrow bereits alle an der Wohnzimmerdecke platziert. Sie war erleichtert, dass sie es so schnell und ohne Probleme erledigt hatte. Auf Leitern fühlte sie sich alles andere als wohl. Inzwischen war sie mit einer Arbeit beschäftigt, mit der sie sich eher identifizieren konnte: Sie saugte Staub.

„Kinder, ihr müsst heute allein zur Schule kommen!", sagte Doris genervt. Sie hockte auf den Stufen ihres Reihenhauses und zwängte sich in ihre Jacke hinein.

„Muss das denn sein?" Fast gleichzeitig maulten die Geschwister ihre Mutter an.

„Ich habe euch doch gesagt, dass ich eure Tante Inga wieder abhole und nach Hause bringe. Ihr wart doch einverstanden damit."

„Da wussten wir auch noch nicht, dass es heute Morgen so windig ist."

„Jetzt hört auf zu maulen! Ich bin sowieso schon viel zu spät dran!"

Nur widerspenstig ließen sich die kleinen Kinder von ihrer Mutter auf die Wangen küssen. Und ebenso widerwillig machten sie sich dann doch allein auf den Weg zur Schule.

Außer Atem stieg Doris ins Auto.

„Verdammt, gleich halb zehn! Das schaffe ich nie bis elf!"

Als sie an ihren Kindern vorbeifuhr, sah sie, als sie sich noch einmal nach ihnen umdrehte, dass sie schon wieder lachten. Es war also doch nicht so schlimm, wie sie es ihrer Mutter weismachen wollten. Erleichtert machte Doris sich nun auf den Weg.

Den Weg durch die Stadt hatte sie relativ schnell hinter sich gebracht. Die eigentliche Rushhour war schon vorbei, die meisten Autofahrer hatten für diese frühe Tageszeit ihr Ziel erreicht. Auch auf der innerstädtischen Autobahn gab es keine nennenswerten Probleme. Mal hier und da ein liegen gebliebenes Fahrzeug auf dem Seitenstreifen und den wild gestikulierenden Fahrer, der immer um seinen Wagen herumlief.

Bald hatte sie die Stadt hinter sich gelassen, und ganz allmählich kehrte dann auch die Entspannung zurück. Die vorbeiziehenden Bäume, die grasenden Kühe, die Wiesen. All das hatte eine beruhigende Wirkung auf sie. Sie war lediglich freudig aufgeregt. Schließlich war sie auf dem Weg, ihre Schwester wieder abzuholen. Sie musste sich dann nicht mehr auf die unregelmäßigen Besuche beschränken, sondern sie konnte Inga dann wieder öfter, weil spontaner, sehen. Eben, wie es ihr passte.

Auch für Thomas war es der Tag der Rückkehr. Für diesen und die nächsten Tage war er von dem Unterricht befreit und konnte sich auf diese Weise ganz auf seine Rückkehr in sein Elternhaus konzentrieren.
Die Bahnfahrkarte hatte er bereits in seiner Hand, die Koffer waren ans Tor des Internats gebracht worden, es fehlte nur noch das Taxi, das ihn zum Bahnhof bringen sollte. Die letzten Unterlagen fehlten ihm noch, und so war er auf dem Weg zum Direktor.

Die vergangenen drei Jahre waren für Thomas alles andere als leicht gewesen. Ebenso rasant, wie für seine Mutter der erste Therapieplatz gefunden worden war, war

Thomas in ein, zugegeben gutes und renommiertes, Internat abgeschoben worden. Sein Vater hatte am Anfang den Mund ziemlich voll genommen, als es darum gegangen war, wie oft er seinen Sohn besuchen wollte, geschweige denn, ihn für ein Wochenende zu sich zu nehmen. Steffen hatte dann auch nicht bemerkt, dass er seinem Versprechen schon sehr bald nicht mehr hatte nachkommen können. Er war dann letztlich nur alle zwei Monate für ein paar Stunden mit seinem Sohn zusammen gewesen. Bestenfalls.

Dieser und viele andere Faktoren hatten Thomas' Entwicklung nachhaltig beeinflusst. Inzwischen war er 15 und vollends damit beschäftigt, erwachsen zu werden. Der Direktor und die übrigen Lehrer wussten auch in diesem hoch gelobten Internat nicht wirklich, was hinter den Mauern so vor sich ging, und so bekamen sie dann auch nicht mit, wenn sich einige ihrer Schüler entgegen den ursprünglichen Prognosen entwickelten. Thomas war einer von ihnen.

Schnell hatte er begonnen, sich nur an die älteren Jungen zu halten. Mit den Jungen aus seiner Altersstufe hatte er fast überhaupt keinen Kontakt gehabt. Er war von Anfang an den anderen gegenüber sehr verschlossen gewesen. Er war auf der Suche nach Leitfiguren gewesen. Seine eigenen hatte er schließlich mit einem Schlag verloren. Die idealistischen Lehrer kamen da von Anfang an nicht in Frage. Die älteren Jungen waren schließlich übrig geblieben. Hatten sie sich doch gegen alles andere aufgelehnt und waren scheinbar mit allen Problemen allein fertig geworden. Das hatte er auch schaffen wollen. Allein zu bewältigen, dass seine Mutter nicht für ihn hatte da sein können, weil sie selber Hilfe gebraucht hatte und sein Vater ohnehin keine Zeit für ihn gehabt hatte. Der

Illusion, dass sein Vater sich während der Internatszeit um ihn kümmern würde, hatte er sich gar nicht erst hingegeben.

Drei Wochen nachdem er in das Internat gekommen war und immer die Nähe der Älteren gesucht hatte, hatte er zu rauchen begonnen. Bis zum Tag seiner Abreise hatte er es nicht wieder aufgegeben. Im Gegenteil, es war sogar schlimmer geworden. Den Lehrern war es bei ihm, ebenso wie bei den meisten anderen Jungen, nicht aufgefallen. Sie sahen in ihm den sich prächtig entwickelnden jungen Mann, den er ihnen somit erfolgreich vorspielte.

In dem Moment, als er den langen Flur entlangging, auf dem Weg zum Direktor, bot er ein konträres Bild zu seinem Wesen: Der Anzug passte tadellos, machte aus ihm einen schmucken jungen Mann. Doch tat der Anzug auch nichts anderes, als seine Sehnsüchte zu verbergen.

„Herr Claasen, da Sie uns heute verlassen, habe ich hier noch einige Unterlagen, die Sie bitte mitnehmen wollen." Der Direktor kam ohne zu zögern zur Sache, als Thomas sein Zimmer betreten hatte.

„Es ist bedauerlich, dass Sie uns so abrupt, mitten im Schuljahr verlassen müssen, aber Ihr Herr Vater hat darauf bestanden. Soweit ich informiert bin, wurden Sie auch schon wieder in einer Schule in der Nähe Ihres Elternhauses vorangemeldet. Ich persönlich war gegen einen solchen Wechsel."

Thomas stellte sich unruhig von einem Bein auf das andere. Er hatte nicht das Gefühl, dass eine Äußerung von ihm erwartet wurde.

Leicht irritiert aufgrund der Stille, sah der Direktor ihn an.

„Na ja, da Sie nichts sagen, nehme ich an, dass es in Ihrem Sinne ist. Hier sind Ihre Zeugnisse, und hier sind noch einige von uns ausgefüllte Formulare, die Sie bitte zu Ihren Unterlagen nehmen wollen. Sobald wir Kontakt zu Ihrer künftigen Schule haben, werden wir die restlichen Unterlagen an die dort Zuständigen weiterleiten."

Thomas nahm die Unterlagen an sich, ohne sie zu mustern. Er hatte kein Interesse daran. Er hörte nicht einmal den Ausführungen des Direktors aufmerksam genug zu.

Mit vor Stolz geschwellter Brust ging der Direktor auf seinen Schützling zu. Nur ungern ließ er ihn ziehen. Ihn, den er auf so tadellose Weise und vorbildlich auf das Leben vorbereitet hatte – wovon er überzeugt war.

„Herr Claasen, für Ihre Zukunft wünsche ich Ihnen von ganzem Herzen alles Gute." Enthusiastisch schüttelte er Thomas' Hand. Nach kurzer Zeit unterstützte der Direktor seine rechte Hand mit der linken.

„Ich glaube, das Taxi wartet ...", erlöste die Vorzimmerdame Thomas vom Direktor.

„Machen Sie's gut!", forderte der Direktor.

„Werde ich sicher ...", erwiderte Thomas lustlos. „Gott, dieser Spinner!", dachte er sich dabei.

Als Thomas den langen Flur entlangging, diesmal in die entgegengesetzte Richtung, feixten ihm einige Schüler aus den Unterrichtsräumen zu. Es waren jene Schüler, mit denen er sich die vergangenen Jahre abgegeben hatte. Jene Schüler, die ganz froh waren, dass ihre Eltern sie einst in dieses Internat abgeschoben hatten. Die sich in Sicherheit wiegen konnten, nicht beim Rauchen oder beim Konsumieren leichter Drogen erwischt zu werden. Sie

43

lebten in ihrer eigenen kleinen Welt, machten sich keine Gedanken darum, wie es außerhalb des Internats wirklich aussah. Sie hatten ihr eigenes kleines, stinkendes Universum errichtet, dem Thomas nun glücklicherweise entronnen war. Er wusste nur noch nicht, dass es gut für ihn war. Unendlich weit schien er noch von dieser Erkenntnis entfernt zu sein. In diesem Moment, auf dem Rücksitz des Taxis, gab er sich nur seinem Trotz hin. Drei Jahre lang hatten sich in ihm Trotz, Verärgerung und Enttäuschung aufgestaut.

Er war verärgert, dass ihm nicht einmal die Chance gegeben worden war, wenigstens zu versuchen, mit der Situation fertig zu werden. Viel zu schnell hatte er seiner Meinung nach auf das Internat wechseln müssen. Und enttäuscht war er darüber, dass sein Vater nicht einmal dann Zeit für ihn gehabt hatte. So hatte er sich bemüht, nichts mehr für seine Familie zu empfinden. Selbst seiner Mutter hatte er irgendwann begonnen die Schuld für ihre Lage zu geben. Weil sie nicht stark genug gewesen war, dem Alkohol zu widerstehen. Er saß in dem Taxi auf dem Weg zum Bahnhof und rauchte eine Zigarette nach der anderen. Er sah aus dem Fenster, beobachtete die vorbeiziehende Landschaft und dachte daran, dass er aus seiner scheinbaren Geborgenheit gerissen wurde. Das alles, während leichter Nieselregen niederging.

Nach und nach wurde für Steffen die Situation unerträglich. Es war kaum noch eine Stunde, bis er seinen Informanten treffen sollte. Noch immer hatte er nichts von ihm gehört, obwohl ein kurzes vorausgegangenes Telefonat abgemacht war.

Schließlich gab Steffen seinen inneren Zwängen nach. Verbissen krallte er sich in den Hörer, während er dem Freiton lauschte.

„Ja?", meldete sich eine Stimme am anderen Ende.

„Was ist denn los? Warum höre ich nichts von Ihnen?"

„Wir treffen uns doch in einer Stunde! Was soll das Gequatsche?"

„Geben Sie mir etwas! Die Zeit rennt uns davon."

„Warten Sie es verdammt noch mal ab! Und rufen Sie hier nicht wieder an!"

Verärgert wurde das Gespräch am anderen Ende abgebrochen. Der Zeit ausgeliefert, ließ Steffen den Hörer resignierend aus der Hand fallen.

„Was immer er zu sagen hat, ich hoffe es wird gut ...", dachte er sich.

Ebenso resignierend, wie er den Hörer hatte zuvor fallen lassen, sammelte er nun seine Unterlagen zusammen. Er hatte nicht vor, an diesem Tag noch einmal ins Büro zu fahren. Er hoffte, alles vom Auto aus erledigen zu können. Und schließlich musste er sich beeilen, um rechtzeitig zur Rückkehr seiner Familie zu Hause zu sein.

Als er mit seinen Unterlagen unter dem Arm durch das Gebäude ging, bemerkte er nicht, wie ihm die Blicke der Belegschaft folgten. Die Ungewissheit über die Zukunft der Firma hatte ihre Spuren hinterlassen. Auch wenn die Firma bisher nie wirklich gewackelt hatte, wussten sie alle, dass mit Steffen die letzte Hoffnung durch das Gebäude ging.

Kurz nachdem er in seinen Wagen gestiegen war, wählte er schon eine Nummer, um das erste Telefongespräch zu führen.

„Donnerlittchen!" Frau Kastrow fuhr erschrocken aus ihrem Arbeitsrhythmus, als das Telefon klingelte.

„Bei Claasen", meldete sie sich, nachdem sie sich wieder einigermaßen gefangen hatte.

„Frau Kastrow, Claasen hier. Ich wollte Ihnen nur Bescheid geben, falls meine Frau oder mein Sohn früher als erwartet nach Hause kommen sollten, ich bin jetzt nur noch unter der Mobilnummer zu erreichen. Ich fahre nicht mehr ins Büro."

„Gut, Herr Claasen, weiß ich Bescheid"

„Sonst alles bestens bei Ihnen?"

„Alles wunderbar, Herr Claasen! Ich komme hier gut voran. Das Zimmer ist geschmückt, und jetzt bin ich dabei, das Essen vorzubereiten."

„Na, hervorragend! Wir sehen uns ja sicher noch am Nachmittag ..."

„Natürlich, Herr Claasen."

„Auf Wiedersehen, Frau Kastrow."

„Auf Wiedersehen."

Erfahrungsgemäß fuhr Steffen, immer wenn er telefonierte, Schlangenlinien. Er konnte sich einfach nicht auf beide Sachen gleich gut konzentrieren. So schloss er jedes Telefonat während der Fahrt mit großer Erleichterung.

Frau Kastrow widmete sich wieder ihren Werken in der Küche. Der Kuchen duftete verführerisch aus dem Ofen: Pflaumenkuchen aus frischen Pflaumen. Auf der Ablagefläche wartete noch der Apfelkuchen auf seine sechzig Minuten Backzeit.

Frau Kastrow wirbelte mit ihren Tüchern durch die Küche, schnitt das Meterbrot und richtete die kalte Platte her. Zwischendurch sah sie immer mal wieder auf die Uhr, da sie noch den Floristen erwartete, der schon 25 Minuten Verspätung hatte.

Steffen hatte sich etwas ganz Imposantes zur Begrüßung seiner Frau ausgedacht: fünf eineinhalb Meter große Blumensträuße aus Sommerblumen, die im Wohnzimmer einen Hauch von Blumenmeer verbreiten sollten. Es gelang ihnen auch, als der Florist sie schließlich gebracht hatte.

An den Punkten platziert, die Steffen sich ausgesucht hatte, füllten sie das großzügig geschnittene Wohnzimmer prächtig aus. Es dauerte auch nicht lange, bis sich der Duft der frischen Blumen im ganzen Haus verteilt hatte. Es duftete wie auf einer Blumenwiese und sah so ganz anders aus als ein Wohnzimmer.

Frau Kastrows Nervosität wurde sehr deutlich, als der Florist einige Male drohte mit den Blumen an einigen Hindernissen hängen zu bleiben. Sie war dann auch erleichtert, als schließlich alle Sträuße ihren Platz eingenommen hatten und sie den Floristen mit sanftem Druck wieder aus dem Haus verabschieden konnte. Sie betrachtete noch einige Zeit die Blumen, die ihr etwas zu pompös geraten, waren und dann ging sie wieder zu ihren Vorbereitungen in die Küche.

Steffen, der zu seinem Treffen mit seinem Informanten nahezu quer durch die Stadt fahren musste, kam zumindest an einem Ort nicht vorbei. Er musste eine Straße früher einbiegen, sonst wäre er am Hafen entlanggefahren, in dem auf einer seiner vielen Anlagen Horst und seine Kollegen noch immer geduldig dem Treiben auf dem Schiff zusahen.

„Gut", begann er, „bevor es nachher losgeht, lasst uns noch mal einiges durchgehen. Heinz, für wann hattest du die beiden Polizeiwagen herbestellt?"

„Die sollten gegen 14 Uhr hier sein."

„Gut, dann haben wir ja noch gut drei Stunden Zeit."

„Die werden wir wohl auch brauchen."

„Hast Recht, Dieter, wird ganz schön eng. Wenn die sich nicht endlich beeilen, dann müssen wir ganz schön ranklotzen", meinte Horst.

„Wir bekommen ja nachher auch noch Besuch. Das hast du doch nicht vergessen, Horst?"

„Ach, du meinst diesen Fatzke vom Empfänger ... So was Dämliches, schicken die uns einen Babysitter! Das habe ich wohl in all den Jahren noch nicht ein Mal erlebt."

Plötzlich schallte es aus dem Hintergrund.

„Horst, du alter Gauner ...!"

„Freddie ... Mensch ..."

Freddie, ein alter Freund von Horst, kam die Gangway des Schiffes herunter. Klassisch in Seemannskleidung, kam er mit einer Aura der Verwegenheit auf Horst zu. Das rechte Bein zog er seit einem Unfall, zwölf Jahre zuvor, fast unauffällig nach. Nur wenn man genau darauf achtete, konnte man sehen, dass er nicht gleichmäßig ging. Dennoch humpelte er nicht.

„Freddie, die anderen kennst du doch noch?!"

„Sicher, Heinz, hallo ... Dieter ..." Alle begrüßte Freddie per Handschlag. „Wir kennen uns noch nicht ..."

„Ich bin Klaus. Ich bin erst seit vier Jahren bei Horst dabei."

„Sag mal, Freddie, wie lange braucht ihr noch?", erkundigte sich Horst.

„Nicht mehr lange. Ich denke, in einer halben Stunde geht's los."

„Gut! Es wäre schön, wenn wir gegen 14 Uhr alles sicher auf dem Wagen hätten."

„Habt ihr die Termine wieder so eng gelegt?"

„Nicht wir, der Empfänger! Oder glaubst du, wir fahren freiwillig mit so einer sperrigen Fracht mitten im Feierabendverkehr?"

„Die werden immer verrückter", meinte Dieter.

Die anderen nickten zustimmend.

„Also, wie gesagt ...", meinte Freddie, „in ein paar Minuten geht's los. Macht euch schon mal fertig. Ich muss wieder hoch."

„Gut, Freddie. Wir sehen uns."

Langsam kam doch Bewegung in die Sache. Der mächtige Kran kam über den Kai gefahren. Ab und zu quietschten die Schienen, auf denen er lief, ansonsten war er lautlos.

„Die Strecke hatten wir schon besprochen. Da ist doch alles klar, oder?"

„Sicher." Alle drei bestätigten.

„Gut." Horst betrachtete den Kran, der sein Ziel neben dem Schiff fast erreicht hatte. „Dann geht es ja gleich los."

Ein kurzer Ruck fuhr durch den riesigen Kran, als er neben dem Schiff seine endgültige Position einnahm. Der große Tieflader, mit dem Horst gekommen war, stand nun leicht versetzt vor ihm. Es sollte beim Verladen des schweren und großen Ungetüms keine Probleme geben.

Horst hatte so viel Erfahrung, dass er ziemlich genau wusste, in welche Position er seinen Wagen hatte bringen müssen, damit es die geringsten Schwierigkeiten gab.

In 30 Metern Höhe stieg der Kranfahrer aus seiner Kabine.

„Moin!", brüllte er allen Beteiligten, die weit unter ihm wie Streichholzfiguren herumstanden, zu.

Einige der umstehenden Personen winkten ihm zu, andere beachteten ihn gar nicht.

Nun wartete er nur noch auf das Kommando per Funk, dann konnte es, wenn es nach ihm ginge, losgehen. Wieder hing es an den Arbeiten auf dem Schiff, die nicht zügig genug zu Ende geführt wurden.

Angespannt sah Horst immer wieder auf seine Uhr.

Beinahe hatte Doris die Zufahrt zum Therapiezentrum verpasst. Gerade noch im Augenwinkel sah sie das kleine bescheidene Schild, das darauf hinwies, welcher Weg zu einem der renommiertesten Therapiezentren des Landes führte.

Beherzt stieg sie auf die Bremse. Fast zu stark. Als sie zum Stehen kam, schlug sie mit dem Hinterkopf gegen die Kopflehne. Sofort drehte sie um und fuhr den Weg, der sie zu ihrer Schwester führte.

Auf dem Bahnhof, an dem Thomas in dem Taxi ankam, herrschte bemerkenswert viel Betrieb für einen Bahnhof dieser Größe: ein, in einer kleinen Stadt großer Bahnhof, mit etwa fünf Bahnsteigen. Ein Bahnhof, der seine bayerische Heimat auch in der Architektur wiedergab.

Der Taxifahrer stellte das Gepäck von Thomas neben ihm auf den Boden.

„Gute Reise wünsche ich", meinte er.

„Danke ..." erwiderte Thomas skeptisch.

Etwas unentschlossen stand Thomas im Eingangsbereich des Bahnhofes. Dann griff er sich doch seine Taschen und ging zu dem Bahnsteig, den ihm die Hinweistafeln wiesen. Etwas mehr als fünf Stunden Bahnfahrt hatte er vor sich. Er konnte sich wahrlich etwas Interessanteres vorstellen, als den halben Tag in einem Zug durch Deutschland zu zuckeln. Aber es blieb ihm letzten Endes nichts anderes übrig.

Der Zug stand bereit, und nachdem Thomas seinen Platz im Zug gefunden hatte, verstaute er sein Gepäck. Kurz danach kam auch schon der Kontrolleur, um seine Fahrkarte zu entwerten.

„Eine schöne Fahrt wünsche ich Ihnen", sagte der Kontrolleur knapp und wandte sich schon den nächsten Reisenden zu.

Der Bahnsteiguhr nach zu urteilen sollte der Zug sechs Minuten später abfahren, was er auch ziemlich genau tat.

Frau Kastrow erfreute sich unterdessen an den Garnierungen der beiden Kuchen, die ihr besonders gut gelungen waren. Die Hackbällchen brutzelten in der Pfanne vor sich hin, und der Kartoffelsalat musste noch eine Dreiviertelstunde ziehen.

Auf dem Kai war inzwischen der Abgesandte des Empfängers erschienen. Ein leitender Angestellter in einem feinen Anzug, der von den gesamten Vorgängen, die er den restlichen Tag begutachten sollte, nicht den Hauch einer Ahnung hatte. Er stellte sich den Beteiligten dann auch nur kurz vor und zog sich ganz dezent wieder in den Hintergrund zurück. Das Umladen der Ware sollte in diesen Augenblicken beginnen, und er wollte wirklich niemandem im Weg stehen. Wohlwollend wurde das zur Kenntnis genommen.

„Es geht los!", brüllte jemand aus dem Innern des Schiffes.

Auch der Kranfahrer hatte das Kommando zum Start bekommen. Mit einigen wenigen Hebelbewegungen erweckte er seinen Kran zum Leben. Gespannt beobachtete der Abgesandte die sich ihm bietende Szenerie.

Auf dem verschlungenen Weg zum großen verborgenen Haus hatte Doris dann keine Probleme mehr. Oft genug hatte sie ihre Schwester in den letzten Monaten hier besucht. Es war immer nur schwierig, die kleine Einfahrt rechtzeitig zu entdecken. Entgegen ihrer anfänglichen Vermutung hatte sie es doch noch geschafft, pünktlich anzukommen. Sie war sogar fünf Minuten früher dort. Ein wesentlicher Grund war sicherlich auch, dass sie jede Geschwindigkeitsbegrenzung außer Acht gelassen hatte. Mit gemischten Gefühlen stieg sie aus dem Wagen. Ein letztes Mal betrachtete sie auf diese Weise dieses Haus. Wahrscheinlich sollte sie dieses Gebäude nie wieder sehen. Eine Dame des Personals wartete neben der weit offen stehenden meterhohen Tür, um sie hineinzugeleiten. Über der Tür thronten Skulpturen in der Wand, die den Eingangsbereich zu bewachen schienen. Doris ging über den weitläufigen Kiesplatz auf den Eingang zu. Ein letztes Mal sollte sie ihre Schwester hinter diesen Mauern treffen. Es war ein seltsames Gefühl. Einerseits war sie im Begriff, ihre Schwester zurück mit ins Leben zu nehmen, andererseits hatte sie Inga hinter diesen Mauern immer für sich allein gehabt, wenn sie sie besucht hatte. Von nun an musste sie sie wieder mit Steffen teilen.

„Guten Morgen."

„Guten Morgen."

„Ich möchte zu Inga Claasen."

„Ich weiß. Sie ist bereits im Büro. Wenn Sie mir folgen wollen ..."

Als sie das Büro betraten, hatte Inga gerade ein abschließendes Gespräch mit Dr. Zeibel gehabt. Nur den Abschied bekam Doris noch mit.

„Frau Claasen, von ganzem Herzen wünsche ich Ihnen nun einen guten neuen Start ins Leben."

„Es wird sicher ganz wunderbar werden. Ich kann mich wieder um meine Familie kümmern. Ich kann sicher auch wieder Seelentröster spielen bei meiner Schwester." Sie lächelten sich fröhlich an. Auch Frau Zeibel schmunzelte.

„Ganz sicher", erwiderte Doris vom anderen Ende des Raumes.

„Es wird ein guter Start, Frau Claasen. Sie haben Aufgaben vor sich. Sie werden gebraucht. Das ist eine gute Voraussetzung. Jedenfalls, alles Gute! Und wenn etwas ist, Sie haben ja unsere Nummer!"

Frau Dr. Zeibel geleitete Inga erst bis zu ihrer Schwester und dann alle beide in den Eingangsbereich. Die Angestellte, die Doris hineingeführt hatte, widmete sich inzwischen wieder anderen Aufgaben.

„Darf ich Ihr Gepäck zum Wagen bringen?", fragte der Hausmeister, der herbeigeeilt kam.

„Danke", sagte Inga ablehnend und deutete auf zwei mittelgroße Taschen, „aber ich habe nur noch die beiden. Ich werde sie allein tragen."

Immer wenn eine der Patientinnen ihre Gemeinschaft verließ, versuchten die Übrigen, sich nicht anmerken zu lassen, was sie in dem Moment fühlten. Die meisten von ihnen freuten sich über den Erfolg für diejenige, die es geschafft hatte. Wenige waren neidisch. Aber alle verloren eine Verbündete im Kampf gegen die Sucht.

Karla hatte sich zurückgezogen und stand mit einem von Hand gebundenen Besen in einer Ecke des Saales. Es ging ihr nahe, dass Inga nun ging. Sie hatte sie immer als Vorbild betrachtet. Wie sie für eine Besserung ihrer Lage und für ihre Gesundung gekämpft hatte, das bewunderte sie an Inga.

„Kannst du noch einen Moment warten?", fragte Inga ihre Schwester. „Ich möchte mich noch verabschieden."

„Na klar! Ich bringe schon einmal die Taschen ins Auto."

„Ich werde Sie dann jetzt auch allein lassen", sagte Frau Zeibel. „Nochmals alles Gute."

„Vielen Dank, Frau Dr. Zeibel."

Frau Zeibel zog sich wieder in ihr Büro zurück, und Inga sah sich nach Karla um.

Als sie Karla mit ihrem Besen in einer Ecke stehen sah, ging sie langsam auf sie zu.

„Tja, nun ist es also so weit."

„Tja, Inga ..."

„Jetzt wird es ernst für mich da draußen."

„Du schaffst das schon ..."

„Sicher ..." Inga war nicht wirklich überzeugt.

„Ich meine das ernst! Du schaffst das."

„Du wirst es auch schaffen, Karla. Du wirst hier genauso schnell Kraft finden, wie ich es geschafft habe. Und du wirst dann ebenso schnell wieder dein eigenes Leben mit deinem Mann führen. Wirst sehen ..."

„Dein Wort in Gottes Ohr."

„Komm her, Karla!" Mit Tränen in den Augen zog sie Karla an sich, und die beiden umarmten sich. Ein paar

Minuten standen sie einfach nur da und hielten sich im Arm.

„Ich werde jetzt nicht weinen", sagte Inga.

„Das sehe ich ..." Langsam lösten sie sich wieder voneinander.

„Also gut, Karla, mach's gut!"

„Du auch, Inga! Pass auf dich auf!"

„Du auch ..."

Karla stand nun mitten im Saal. Die anderen kümmerten sich nicht um die beiden. Sie spielten Mensch-ärgere-dich-nicht oder sahen fern.

Karla sah ihr nach, wie sie langsam und mit unsicheren Schritten auf den Ausgang zuging. Alle paar Schritte drehte Inga sich um und sah Karla immer wieder ein letztes Mal in die Augen. Und immer wieder hoben sie zum Abschied ihre Hand. Immer wieder, ein letztes Mal.

Doris wartete am Wagen. Bis sie Inga durch die Tür ins Freie kommen sah, vergingen noch einige Minuten. Als Inga dann vor den Stufen zu dem weitläufigen Kiesplatz stand, waren sie beide erleichtert. Inga hatte in diesem Moment mit der Therapie abgeschlossen. Sie machte einen großen Haken hinter die vergangenen drei Jahre.

Ein letztes Mal drehte sie sich noch um, aber Karla sah sie nicht mehr. Es mag am spärlichen Licht im Haus gelegen haben oder an einem Schrank, der ihr die Sicht nahm. Vielleicht lag es auch einfach daran, dass Karla zurück zu den anderen gegangen war.

Sie stieg die Stufen hinab, und mit nun großen Schritten ging sie auf ihre Schwester zu. Immer größer wurden ihre Schritte, bis sie zu laufen begann. Während sie lief, begann sie zu lachen, immer lauter, und breitete ihre

Arme aus. Sie stürzte auf ihre Schwester zu, und sie fielen sich in die Arme.

„Lass uns nach Hause fahren", sagte Doris.

„Ja!", erwiderte Inga.

DREI

Fast stürmisch braust en Doris und Inga an die Straße heran. Hinter ihnen war der lange Weg zum Therapiezentrum nur noch zu erahnen. Dermaßen hatten sie den Staub aufgewirbelt. Es dauerte einige Zeit, ehe sie in die Straße einbiegen konnten. Die Straße war recht stark befahren, und die Abstände zwischen den vorbeifahrenden Wagen war geradezu lächerlich. Doris und Inga störte das nicht. Sie gaben sich ihrer Freude hin, auf dem Heimweg zu sein, und lachten sich lautstark an. Schließlich schafften sie es doch, sich in den Verkehrsfluss einzureihen. Als sie auf der Straße waren, war es endgültig. Inga war auf dem Heimweg. Ihre Sucht ließ sie in dem schönen Anwesen des Therapiezentrums zurück. Sie freute sich auf ihren Sohn und auf ihren Mann. Es würde wie früher sein.

Bevor Thomas' Heimfahrt so richtig in Fahrt kommen konnte, war der Zug noch einige Male gezwungen, an kleinen Provinzbahnhöfen zu halten. Mal stiegen an einem Ort ein paar Rentner aus, dann stieg an einem anderen eine Gruppe Fahrradreisende zu. An jedem Bahnhof stand ein weiterer Bahnsteigschaffner, der dem vorherigen zum

Verwechseln ähnlich war, hob die Hand und blies in seine Pfeife. Thomas gab sich seiner Musik hin, die aus seinem Walkman drang.

Ungeduldig wartete Steffen an dem vereinbarten Treffpunkt auf seinen Informanten. Ein klug gewählter Ort, an dem er warten musste. Etwa zehn Tische standen auf einem großen Platz, jeder hervorragend durch einen riesigen Sonnenschirm vor der Sonne geschützt. Steffen saß an einem dieser Tische.

Um ihn herum wurde Eis gegessen, Kaffee getrunken, die fast noch frische Luft des eigentlich schon beendeten Morgens genossen. Leger bekleidete Urlauber saßen zwischen gediegen gekleideten Geschäftsleuten. Unruhig sah sich Steffen in alle Richtungen um. Immer wieder sah er auf seine Uhr und stellte fest, dass sich sein Informant von Minute zu Minute mehr verspätete.

„Bringen Sie mir bitte noch einen Kaffee", sagte er unwirsch zu einer herübersehenden Bedienung.

Sofort machte sie sich auf, seinem Wunsch zu entsprechen.

Endlich sah Steffen den lang erwarteten Gesprächspartner auf sich zu kommen. Seine angespannte Sitzhaltung begann sich ganz zögerlich zu lösen. Ein nervös um sich blickender Mann kam über die Straße gehetzt.

Wieder sah Steffen auf die Uhr. „Zwanzig Minuten über der Zeit", dachte er. Was immer er im nächsten Moment erfahren würde, er war froh, dass es endlich so weit war.

Wenig überzeugend lächelte der Mann Steffen an, als er an seinen Tisch trat und sich ungefragt setzte.

„Sie kommen spät!"

„Ich bin gekommen, oder?", erwiderte der Mann angespannt. „Gibt's hier einen Kaffee?"

„Die Bedienung bringt gleich einen."

„Gut, den kann ich gebrauchen."

„Was haben Sie für mich?"

„Ich warte erst einmal meinen Kaffee ab", meinte der Informant.

Unruhig und der Situation hilflos ausgeliefert, ließ Steffen sich gegen die Lehne seines Stuhls fallen. Nach wenigen Sekunden, die allerdings wie eine Ewigkeit schienen, kam die Bedienung endlich mit ihrer Kaffeekanne an den Tisch. Der Informant versuchte erst gar nicht, freundlich zu sein, als er um seinen Kaffee bat.

„Verdammt, ist der heiß!", fluchte er, nachdem er sich die Zunge verbrannt hatte.

Steffen versuchte, sich in Geduld zu üben.

„Was also haben Sie für mich?", fragte er vorsichtig.

„Als Erstes möchte ich mein Geld haben!", forderte sein Gegenüber.

„Das bekommen Sie, wenn ich die Information habe."

„Ihr seid alle gleich! Ihr steht mit dem Rücken zur Wand und versucht immer noch, die Regeln aufzustellen. Dabei könnte ich aufstehen und gehen. Darf ich also bitten?!"

Widerwillig warf Steffen ihm einen Umschlag auf den Tisch. Dabei traf er die Kaffeetasse so unglücklich, dass der Kaffee aus ihr herausplatschte.

„Was soll's ...", sagte sein Gegenüber, „Geld ist Geld."

Fordernd sah Steffen ihn an.

„Also schön ... damit wir es hinter uns haben. Wenn Sie die Übernahme morgen stoppen wollen, werden Sie eine ganze Stange Geld auftreiben müssen."

„Was heißt das?"

„300 Millionen Mark wurden geboten."

„Du lieber Himmel!" Steffen war entsetzt. Er hatte die ganze Zeit nicht einsehen wollen, dass die Lage derart bedrohlich war. Und nun wurde es doch bestätigt. Auf einmal sah er seine Grenzen. Wie sollte er das überbieten können. „Ist die Zahl sicher?"

„So sicher wie das Amen in der Kirche."

Steffen stockte erneut der Atem.

„Sie sehen blass aus."

„Ist das ein Wunder?"

„Wahrscheinlich nicht. Ich würde wohl genauso aussehen, wenn mir jemand die Firma unter dem Arsch wegkaufen wollte."

„Konnten Sie in Erfahrung bringen, wer so viel Geld aufbringen will?"

„Das müssten Sie sich eigentlich denken können."

„Bei dieser Summe will ich es mir nicht denken, da will ich es genau wissen!" Natürlich konnte er sich denken, wer dahinter steckte. Aber er wollte Gewissheit haben.

„Die Katzler-Zwillinge. Natürlich nicht direkt, sondern wieder über den einen oder anderen Anwalt."

„Die Katzler-Zwillinge ... schon wieder."

„Die hatten es schon einmal vor vier Jahren versucht, richtig?"

„Das geht Sie nichts an!"

„Sie haben ja so Recht." Der Informant sah seine Aufgabe als erledigt an und wollte sich wieder aufmachen.

„Das war's dann wohl ... Ich werde jetzt gehen."

„Einen Teufel werden Sie!", fauchte Steffen ihn an. „Wir sind noch nicht fertig! Wer ... verkauft ... seine Anteile?" Steffen bemühte sich, ruhig zu bleiben, was ihm aber nicht gelang. Eine Hoffnung machte er sich noch. Wenn er schon an die Käufer nicht herankommen konnte, wollte er wenigstens versuchen, den Verkäufer zu überreden, nicht an die Katzler-Zwillinge zu verkaufen.

Der Informant sah Steffen die Zornesröte im Gesicht an, und so antwortete er ohne Umschweife.

„Ein ziemlich alter Mann", begann er. „Der Name sagt mir überhaupt nichts, was daran liegen mag, dass er keinen Wert darauf legt, in der Öffentlichkeit zu erscheinen."

„Wer ist es???" Steffens Ungeduld hatte sich noch nicht wesentlich verringert.

„Hans Söhlke. Sagt Ihnen das etwas?"

Steffen sah sein Gegenüber ratlos an.

„Nie gehört", sagte er. „Was macht der?"

„Wie gesagt, nicht viel gefunden. Der muss aber ziemlich mächtig sein, bei den Beteiligungen, die er sein Eigen nennen kann. Aber darüber hinaus ist der völlig unauffällig."

„Was wissen Sie sonst über den Mann?"

„Ich weiß nur, dass der über 90 sein muss. Den Rest überlasse ich Ihnen. Hier haben Sie seine Adresse." Er schob einen Zettel über die Tischdecke.

Steffen saß wie erschlagen auf seinem Stuhl. Die Informationen hatte er bekommen, doch eine Lösung hatte er nicht. Eher taten sich noch mehr Fragen auf.

„Sie haben jetzt nichts mehr von mir zu erwarten! Ich verschwinde jetzt." Der Informant hoffte, dass Steffen nicht widersprechen würde. Als Steffen dann auch keine Anzeichen machte zu widersprechen, war der Informant verschwunden.

Steffen wunderte sich, wie es sein konnte, dass er als stellvertretender Direktor einen Aktionär nicht kannte, der allein etwa ein Drittel der Firma zu besitzen schien. Walter hatte zwar immer gesagt, dass sich eine große

Menge in Privatbesitz befinde. Steffen hatte sich allerdings viele kleine Anleger vorgestellt und nicht einen Großen. Da er nun aber von der Existenz dieses alten Mannes wusste, der zudem offenbar ein Großaktionär war, wollte er es nicht unversucht lassen, auf den Mann einzuwirken. Doch mit leeren Händen wollte er nicht dort erscheinen, und so machte er sich als Erstes auf den Weg zur Hausbank der Firma.

Mit gelassener Aufmerksamkeit verfolgte Horst das Geschehen um ihn herum. Auf dem Schiff liefen verschiedene Leute umher, die alle irgendwie schienen, als wüssten sie, was sie taten. Der Kranfahrer saß hoch über dem Geschehen und schwenkte seinen Ausleger weit über das Schiff. Ganz gemächlich ließ er beachtliche Stahltrossen und schwergliedrige Ketten in das Innere des Schiffes gleiten. Weit war der Bauch des Schiffes nach oben hin geöffnet. Die Ladung wartete auf ihre nächste bevorstehende Etappe.

„Das ist doch schon mal was!", meinte Horst zu seinen umstehenden Kollegen. „Mal sehen, wann die das Ding am Haken haben."

„Da bin ich auch mal gespannt", meinte Klaus.

„Gut ... lasst uns schon mal die Holzplanken verteilen."

Gemeinsam machten sich Horst und seine Kollegen auf. Sie hatten einen Stapel schwerer, massiver Holzbalken im Visier, die etwa in der Mitte ihres Tiefladers festgezurrt waren.

Der Abgesandte, der noch immer recht verloren bei ihnen stand, wurde zusehends irritierter. Ihm erschloss sich der folgende Ablauf nicht im Geringsten.

„Was geht denn hier vor?", fragte er ratlos hinter Horst her.

„Wir arbeiten."

„Mit solchen dummen Antworten kann ich nichts anfangen! Ich möchte wissen, was Sie nun zu tun gedenken!"

Gereizt blieb Horst stehen. Er bemerkte, dass der Abgesandte ihm nachkam. Als er ihn hinter sich vermutete, drehte er sich um.

„Sehen Sie diese Holzbalken da hinten?"

„Ja."

„Und sehen Sie diesen Kran da oben?"

„Kommen Sie zur Sache!"

„Also gut", meinte Horst und bemühte sich, ruhig zu bleiben, „ich erkläre es Ihnen. Wir verteilen diese Balken auf dem gesamten Tieflader. Sie dienen damit als Puffer, verstehen Sie? Darauf wird dann die Ladung platziert."

„Und das ist wichtig?"

„Das ist wichtig, davon können Sie ausgehen."

Der Abgesandte war noch immer verunsichert.

„Ich will nur nicht, dass etwas schief geht."

„Das wollen wir alle nicht. Und daher bitte ich Sie, uns unsere Arbeit machen zu lassen und uns nicht weiter mit ihren lächerlichen Fragen zu belästigen!"

Horst ließ den Mann stehen und gesellte sich wieder zu seinen Kollegen. Gemeinsam packten sie die schweren Balken und verteilten sie sorgsam über die gesamte Ladefläche.

Aus dem Schiff waren derweil Stimmen zu hören, die nicht einzeln zu erkennen oder zu verstehen waren, die aber doch sehr bestimmt wirkten. Der Kran hatte sich schon einige Minuten nicht mehr bewegt, und die meisten Enden der Stahltrossen hingen bewegungslos ins Schiff hinein. Nach und nach griffen sich ein paar kräftige

Hände die schweren Enden der Stahltrossen und Ketten und sicherten mit deren Haken die schwere Fracht. Sehr genau mussten sie dabei vorgehen. Jeder von ihnen hatte einen exakten Plan, auf dem er genauestens die Position nachlesen musste, wo er die Haken zu befestigen hatte.

Es war keine leichte Aufgabe für die Arbeiter, die fast unterarmdicken Stahltrossen dazu zu bringen, die Bewegung mitzumachen, die sie ihnen vorgaben. Aber mit geübten Griffen schafften sie es im Handumdrehen. Kurze Zeit später waren alle Haken und damit die Stahltrossen ihrem Bestimmungsort zugeführt. Ein Vorarbeiter prüfte ein letztes Mal jede Position selbst nach.

Horst und seine Kollegen hatten die Holzbalken verteilt und warteten nur noch darauf, dass die Fracht sich ihrem Tieflader nähern würde. Der letzte Blick des Vorarbeiters war getan, und er war bereit, sein O.K. für das Anheben zu geben. Der Abgesandte, der abseits auf dem Kai stand und von all den Vorgängen im Schiff nichts mitbekam, kaute nervös auf seinen Fingern herum. Er wusste einfach nicht, was ihn erwartete. Niemals war er bei einem solchen Transport dabei gewesen.

„Anheben!", gab der Vorarbeiter sein O.K. in das Funkgerät.

Mit Spannung hatte der Kranfahrer auf diesen Moment gewartet. Gefühlvoll legte er seine Hände um die diversen Hebel, und kurz danach waren alle Stahltrossen unter Spannung. Etwa zwei Sekunden dauerte es, bis die Trossen völlig gespannt waren und sich die Fracht das erste Mal bewegte.

Argwöhnisch betrachtete der Vorarbeiter das Geschehen. Einige andere Arbeiter hielten jeweils eine Trosse in der

Hand, die an den Ecken der Fracht herunterhingen. Sie hatten die Aufgabe, mit diesen Trossen die riesige Fracht auszurichten, sollte sie anfangen, sich zu drehen.

„Sie kommt!", rief Horst.

Angespannt sah er auf die Stahltrossen, die immer weiter aus dem Schiff hervorkamen.

Der Kranfahrer ging fast spielerisch mit seinem Gefährt um. Er kaute auf seinem Kaugummi herum und bugsierte die Fracht aus dem Bauch des Schiffes. Er liebte diesen Moment seines Jobs. Er genoss die Macht, die er in solchen Momenten innehatte. Er allein hatte die Fracht am Haken. Er allein war dafür verantwortlich, dass sie ihren Platz auf dem Schiff verließ und einen anderen Platz dafür wieder einnahm. Alle anderen Beteiligten konnten zu diesem Zeitpunkt des Arbeitsablaufs ihre Arbeit nicht verrichten. Sie waren von ihm abhängig, mussten auf ihn warten.

Beinahe mühelos hob der Kran die knapp 60 Tonnen schwere Fracht von ihrem Platz. Vom Kai aus war noch immer nichts zu sehen. Lange konnte es aber nicht mehr dauern. Dann war es endlich so weit. Das schwere Gerät kam langsam zum Vorschein. Fast lautlos schwebte es über dem Schiff. Die Männer hatten die Trossen inzwischen losgelassen, die Gefahr war gebannt. Die Fracht konnte nicht mehr beim Drehen gegen das Schiff schlagen. An ihnen war es in diesem Moment nur noch, gebannt über sich zu sehen und zu kucken, wie die Fracht über sie hinwegschwebte.

Ein eher rechteckiger Stahlkoloss hing an den stark gespannten Trossen.

„Was ist das?", fragte Dieter.

„Eine Art Motor oder so", meinte Heinz etwas verunsichert.

„Und was sind das für Dinger?", fragte Dieter weiter. Er hatte extrem dicke, meterlange und sehr massive Rohre entdeckt, deren Wände stärker waren als deren Bohrung und die an einigen Stellen meterweit hinausragten.

„Da hinten steht unser Babysitter. Fragt den doch", meinte Klaus.

„Richtig!", ergänzte Horst.

Bewundernd sah Heinz die Fracht an.

„Die stellen heute Sachen her, die gibt's gar nicht."

„Was immer die damit bewegen wollen, muss ebenso beeindruckend sein."

Ganz gemächlich schwenkte der Kranfahrer seine Ladung vom Schiff weg und auf den Tieflader zu. Damit hatte er die erste Hälfte seines Auftrages erledigt. Die Blicke ruhten auf ihm, und das genoss er. Voller Ehrfurcht verfolgte der Abgesandte das Geschehen. Da er nicht wusste, was alles geschehen sollte, und auch nicht, in welcher Reihenfolge, blieb ihm auch nichts anderes weiter übrig. Er wusste schließlich auch, dass alle anderen von seiner Unerfahrenheit wussten.

Je näher die Ladung dem Tieflader kam, umso ernster wurde Horsts Blick. „Nur nicht zu schnell ablassen ...", dachte er.

Niemand nahm auch nur annähernd etwas Ähnliches wie Rücksicht auf Steffen und seine Situation. Es interessierte niemanden. Als einer von vielen saß er in einem nicht enden wollenden Stau und sah immer wieder verzweifelt auf die Uhr. Wollte er den Direktor seiner Hausbank noch vor dem Mittag erreichen, musste ein Wunder geschehen. Doch darauf konnte er sich nicht verlassen, und er griff zum Telefon.

„Claasen hier. Guten Tag."

„Guten Tag, Herr Claasen!", meldete sich die freundliche Sekretärin.

„Ich wollte mich eigentlich mit Herrn Soderbaum noch vor dem Mittagessen treffen. Es ist sehr wichtig! Nur leider schaffe ich es nicht rechtzeitig. Können Sie mich in der nächsten Stunde noch dazwischenschieben?"

„Da haben Sie Glück, Herr Claasen. Herr Soderbaum müsste gleich ins Haus kommen. Ich kann es ihm dann ausrichten, wenn Sie möchten."

„Das wäre wirklich reizend von Ihnen, es ist wirklich wichtig für uns."

„Ich denke, das geht in Ordnung, Herr Soderbaum erwartet Sie dann."

Auch nach dieser Terminabsprache löste der Stau sich nicht schneller auf. Immer mehr zerrte der fortschreitende Tag an Steffens Nerven. Völlig unkontrolliert schlug er auf das Lenkrad ein. Unbarmherzig lief die Uhrzeit davon. Seine Familie kam immer näher, und er entfernte sich immer weiter davon, pünktlich zu diesem Ereignis zu Hause zu sein. Während er sich den ganzen Morgen darauf gefreut hatte, konnte er es in diesem Moment immer weniger. Die Firma, die er eines Tages einmal hätte leiten können, glitt ihm von Minute zu Minute weiter aus den Händen. Ein unsichtbarer Feind, der nach und nach eine Firma nach der anderen übernahm, griff jetzt nach der, die bis dahin immer seine Zukunft bedeutet hatte. Die Katzler-Zwillinge gingen rücksichtslos vor. Schnell und ohne Vorwarnung schlugen sie zu.

Ein Lied nach dem anderen trällerten Doris und Inga auf der Autobahn mit. Plötzlich mochten sie jeden Titel, den ihnen der Radiosender zu bieten hatte. Jeder Titel auf ihrem Weg war ein Geschenk, und sie sangen jeden dankbar mit. Anders als Thomas, der sich seiner Freude noch nicht bewusst war.

Nach wie vor hatte er seine Kopfhörer auf und starrte in die Landschaft, die an seinem Zugfenster vorbeihuschte. Immer ferner trug ihn seine Musik. Bis er nicht mehr dort war. Die Musik nicht mehr hörte, die Landschaft nicht mehr sah, das Bitten des Kontrolleurs an die gerade Zugestiegenen, die Karte stempeln zu dürfen, nicht vernahm. Er war fort und wollte es bis zur Ankunft in seiner Heimatstadt bleiben. Vielleicht auch noch bis danach.

Der Kranfahrer schob sein Kaugummi mit der Zunge von einer Seite im Mund zur anderen. Trotz aller Routine barg jede neue Verladung ihre eigenen Risiken. Auch wenn ein ähnlicher Auftrag schon mehr als einhundertmal ausgeführt worden war.

Freddie kam vom Schiff gehetzt, um Horst das Funkgerät zu bringen. Er selber war nur in der Lage, dem Kranfahrer Anweisungen zugeben, um die Ladung sicher vom Schiff zu bekommen. Wie dieser sie ebenso sicher auf den Lastwagen bekommen sollte, musste Horst ihm sagen.

Nach und nach gesellten sich auch die Arbeiter auf dem Schiff an die Reling, um beim Abladen zuzusehen. Gebannt verfolgten sie, wie sich das schwere Aggregat vor ihren Augen dem Tieflader entgegensenkte, nur begleitet durch ein leises Knarren, das hin und wieder mal durch die Trossen fuhr. Je näher der Kranfahrer seine Ladung an den Tieflader heranbrachte, umso mehr begann Horst, mit den Armen zu rudern. Auf diese Weise versuchte er anzudeuten, wie schnell und wie weit er den Koloss an seinen Wagen wollte. Erst nach und nach begann er, seine Gesten mit Anweisungen per Funk zu unterstützen. Dem Kranfahrer war es ganz recht so. Er vertraute so lange wie möglich auf sein Augenmaß. Meist kam er damit bis auf ein oder zwei Meter an sein Ziel heran. So war es auch diesmal.

„Und jetzt immer weiter runter lassen ...", meinte Horst.
Seine drei Kollegen hatten sich derweil schon um den Wagen verteilt. Gespannt sahen sie alle nach oben und betrachteten, wie ihnen ganz langsam die schwere Fracht entgegenkam. An allen vier Enden der Fracht baumelten immer noch die leichten Trossen, mit denen die Arbeiter an Bord erfolgreich eine Drehbewegung der Fracht verhindert hatten. Bald war die Fracht so weit herabgelassen, dass die drei sie packen konnten, um die Fracht auszubalancieren.
„Ich hab's!", schrie einer nach dem anderen.
„Gut!", rief Horst.
„Du kannst immer weiter runterlassen. Wir haben ihn bald huckepack", meldete er ins Funkgerät.
Ab und zu wollte das schwere Aggregat doch in die eine oder andere Richtung ausbrechen. Aber Heinz, Dieter und Klaus konnten immer wieder erfolgreich gegenhalten, sodass der Koloss sich einigermaßen ruhig verhielt.
„Jetzt ganz langsam, wir haben's gleich ...", meinte Horst.
Wenige Zentimeter trennten den Koloss noch vom Tieflader. Der Abgesandte stand gebannt an seinem Auto.

„Noch mal mache ich das nicht mit", murmelte er. „Das ist mir zu aufregend."

Wie in Zeitlupe senkte sich die Fracht immer weiter. Jeden Moment musste sie auf den schweren Holzbalken aufliegen. Horst konnte praktisch nicht mehr dazwischen durchsehen.

„Wir haben's, wir haben's ...", sagte er ganz leise. Dann wandte er sich ganz lautstark an seine Kollegen, die an ihrer jeweiligen Ecke zurrten. „Ist bei euch alles klar?"

„Bei mir ist alles klar!", rief Klaus.

„Hier auch – Moment ...!" Heinz brach seine Bestätigung abrupt ab.

Urplötzlich wollte der Koloss doch noch einmal ausbrechen und senkte sich an einer Seite stärker als auf der gegenüberliegenden.

„Wieder hoch!", brüllte er.

Horst kam herübergelaufen.

„Wieder hoch!", wiederholte Heinz.

„Was ist los?", fragte Horst. „Mach wieder hoch!", rief er danach ins Funkgerät.

Mit lautem Knirschen verkeilte sich einer der Balken unter der schweren Last. Der Kranführer konnte gar nicht so schnell reagieren,

Heinz und die anderen zerrten nach Kräften, aber der Balken verkeilte sich immer stärker.

„Den sind wir gleich los!", brüllte Horst. „Du sollst das verdammte Ding wieder hochschaffen!", schrie er ins Funkgerät.

Mit ohrenbetäubendem Krach zerplatzte der Balken unter der Last. Gerade noch rechtzeitig ließen Heinz und die anderen die Trossen los und warfen sich auf den Boden. Auch Horst sprang zur Seite.

Noch bevor der Koloss sich wieder nach oben bewegte, zerplatzte der Balken und Holzdolche schossen heraus. Pfeilschnell schoss der Druck sie unter der Last hervor. Sehen konnte man die wenigsten. Sie konnten sie nur hören, wie sie dicht an ihren Ohren vorbeisausten.
Völlig überfordert blickte der Abgesandte auf die tanzende Fracht. Erschrocken fuhr er zusammen, als sich neben ihm eines der Holzgeschosse in einen Reifen seines Wagens bohrte.

„Ich hab' ihn", hörte Horst aus dem Funkgerät.
„Alles klar ...", sagte er erleichtert.
Schnaufend stand er wieder auf und klopfte sich den Dreck vom Hemd.
„So eine Scheiße! Das sah so gut aus!", schimpfte Heinz.
„Das hätte ins Auge gehen können!", rief einer vom Schiff.
„Was du nicht sagst ...", murmelte Klaus und winkte ab.
„Wir machen gleich einen neuen Anlauf", sagte Horst ins Funkgerät.
„Könntet ihr bitte einen neuen Balken holen?", forderte Horst seine Kollegen auf.

Mit zitternden Knien beobachtete der Abgesandte, wie die Luft aus seinem Reifen entwich.
„Mein Reifen ist kaputt", rief er.
„Dann wechseln Sie ihn", antwortete Horst.

„Bei euch da unten alles in Ordnung?", erkundigte sich der Kranführer aus dem Fenster heraus.
Zur Bestätigung hob Horst den Arm. „Hier ist alles klar!", rief er.

„Können wir wieder?", fragte er seine Kollegen.

„Wir sind soweit", meinte Dieter.

Gerade hatten er und Klaus den neuen Balken an seinen Platz gelegt.

„Also gut, versuchen wir's wieder."

„Es geht wieder los!", sagte er in sein Funkgerät.

„Schnappen wir uns die Dinger", meinte Heinz.

Gemeinsam griffen sie wieder zu den Trossen. So gemächlich wie beim ersten Mal ließ der Kranführer auch diesmal seine Fracht herunter. Diesmal war der Weg nicht so weit wie beim ersten Mal. Der Koloss baumelte nur etwa einen Meter über dem Tieflader.

Wieder kam er Zentimeter für Zentimeter seinem Ziel entgegen. Und wieder zerrten Heinz und die anderen an allen Ecken. Noch einmal wollten sie die Fracht nicht aus dem Ruder laufen lassen.

„Diesmal sieht's gut aus ...", meinte Horst.

„Er setzt auf! Er setzt auf!", rief Klaus.

„Noch ein klein wenig ..."

„Hier steht er!"

„Bei mir auch!"

Nur ganz gering gab der Tieflader unter der beeindruckenden Last von nahezu 60 Tonnen nach. Je weiter der Kranführer die Trossen herabließ, umso mehr knickten sie über der Fracht ein.

„Es steht! Du kannst anhalten", sagte Horst ins Funkgerät.

Auf dem Tieflader sah die Fracht noch beeindruckender aus als in der Luft. Auf jeder Seite stand der Koloss mindestens zwei Meter über. Und seine Höhe überragte das Führerhaus um ein Beträchtliches.

Dieter und Klaus kletterten hinauf, um die Trossen zu lösen. Der Kranführer verabschiedete sich über Funk von

Horst und wartete nur darauf, dass seine Trossen unter ihm wieder frei baumelten. Er wollte sich so schnell wie möglich mit seinem Kran wieder auf den Weg machen. Den kilometerlangen Kai zurück. Bis ans andere Ende, wo er schon wieder sehnlichst erwartet wurde, von einem anderen Schiff.

„Das Ding steht", meinte Heinz bestätigend und gesellte sich zu Horst.
„Du sagst es. Wurde auch Zeit."
Bewundernd standen sie vor der mächtigen Fracht.
„Die Größten habe ich am liebsten", schwärmte Horst.
„Wer nicht?!"

Dann war es wieder so weit. Klaus und Dieter sprangen herunter, und der Kran setzte sich mit einem mächtigen Ruck wieder in Bewegung, um mit einem leichten Brummen wieder von dannen zu ziehen.

Erleichtert stellte Steffen seinen Wagen auf dem nächstbesten Parkplatz ab, als er das Bankgelände befuhr. Wenigstens diesen Termin konnte er rechtzeitig erreichen. Leicht abgehetzt, eilte er auf die Tür des imposanten Gebäudes der Privatbank zu. Mithilfe seines Spiegelbildes auf den Autoscheiben, an denen er vorbeieilte, richtete er ein letztes Mal seine Krawatte.
Ohne sie zu beachten, ging er an den Kundenschaltern vorbei und sofort geradewegs auf das Vorzimmer des Direktors zu.
Mit einem freundlichen Gesicht sprang die Sekretärin von ihrem Schreibtisch auf, als sie durch das Fenster Steffen kommen sah.

73

„Herr Claasen, schön Sie zu sehen", begrüßte sie ihn, gleich nachdem sie die Tür geöffnet hatte.

„Guten Tag. Ist Herr Soderbaum schon da?"

„Er erwartet Sie bereits. Wenn Sie hier einen Moment warten, werde ich Sie anmelden."

Nur einen kleinen Spalt öffnete sie die Tür zum Büro von Herrn Soderbaum. Steffen konnte niemanden im Raum erkennen. Die Sekretärin war dann auch sehr schnell durch diesen bescheidenen Spalt in das Büro verschwunden. Nach wenigen Sekunden öffnete sie wieder die Tür und kam heraus.

„Herr Soderbaum lässt bitten."

Gleich nachdem Steffen an ihr vorbei gegangen war, schloss sie die Tür ebenso leise wie unauffällig. Währenddessen nahm sie noch eine Anweisung von Herrn Soderbaum entgegen, gleich danach noch zwei Kaffee hineinzubringen.

„Herr Claasen ... wir haben uns ja nun doch schon einige Zeit nicht mehr gesehen."

„Schön, dass Sie mich heute so kurzfristig empfangen konnten, Herr Soderbaum. Ich muss ihre Termine ja furchtbar durcheinander gebracht haben."

„Halb so schlimm, Herr Claasen. Ihre Firma gehört zu unseren ältesten Kunden, da ist es doch selbstverständlich, dass wir für Sie Zeit haben."

„Sie können mir glauben, wenn es nicht wichtig gewesen wäre, hätte ich mich nicht um einen Termin bemüht. Aber leider konnte es nicht warten."

Gerade, als die beiden Herren ihr Händeschütteln beendet hatten, betrat die Sekretärin wieder das Büro. Unauffällig trug sie ein Tablett zum großen Mahagonischreibtisch und verteilte dann das Silberservice auf dem Tisch. Sie hatte Steffens Kaffee genau so bereitet, wie er es mochte. Da sie die Wünsche der Großkunden immer ungefragt berücksichtigen wollte, hatte sie schon früh damit begonnen, deren Vorlieben in eine Kartei einzutragen, sodass sie immer sofort bei Erscheinen einer der Großkunden nur in ihrer Kartei nachsehen musste, um zu wissen, wie er seine Getränke am liebsten hatte.

Steffen und Herr Soderbaum beachteten die Sekretärin gar nicht. Sie ließen sie walten, während sie sich an den großen Schreibtisch begaben und dann in den großen alten Ledersesseln verschwanden. Kurz danach war auch die Sekretärin wieder gegangen. Ebenso unauffällig, wie sie gekommen war.

Beide begannen, in ihrem Kaffee zu rühren, und sahen den anderen an. Steffen war die Verzweiflung ganz sicher ins Gesicht geschrieben. Er hatte einfach kein Talent darin, seine Gefühlswelt zu verbergen. Ebenso konnte er Herrn Soderbaum das Wissen darüber ansehen, dass Steffen die Bank brauchte. Herr Soderbaum genoss es. Er benötigte dafür nicht einmal genauere Informationen darüber, wie schlimm es um die Klienten stand oder wie viel Einsatz nötig war. Die Tatsache, dass seine Bank gebraucht wurde, genügte ihm schon. Die Gier nach Macht ließ ihn so denken. Er hatte völlig die Fähigkeit verloren, einfach nur seine Bank, seine Macht über Geld zu benutzen, um zu helfen. Firmen zu helfen, ihnen die Unabhängigkeit zu bewahren, daran hatte er seit Jahren nicht mehr gedacht.

Zögerlich begann Steffen dann doch damit, sein Anliegen zu schildern.

„Sie kennen unsere Firma. Sie wissen, dass sie gesund ist. Von daher sollten wir keine Probleme haben. Haben wir auch nicht. Doch ... glauben Sie mir, es fällt mir schwer, das zu sagen ... aber wir stehen doch unter Druck."

„Druck welcher Art?"

„Im Grunde ist es ein ganz natürlicher Vorgang, der immer wieder auf dem Markt vorkommt. Aber Sie wissen, der Geschäftsführung lag die Unabhängigkeit der Firma immer am Herzen. Dieser Punkt hatte für sie immer höchste Priorität, und das hat er immer noch. Aber nun sieht es so aus, als sollte die Firma dieses ihr höchstes Gut verlieren, und wir suchen nach Auswegen."

„Und was soll das für ein Ausweg sein? Wie Sie selbst sagten, so etwas kommt immer wieder vor. Und es ist wirklich kein Wunder, wenn Aktien ihren Besitzer wechseln."

„Das ist auch nicht das, was uns stört. Es kommt darauf an, wie es geschieht. Wer es auf welche Weise versucht – und es vermutlich schafft."

„Auch das ist nichts Besonderes ..."

„Aber es ist etwas Besonderes, wenn Aktien im geschätzten Wert von etwa 300 Millionen in gewissenlose Hände fallen. Verstehen Sie, das ist etwas, was wir verhindern wollen. Wir wollen, dass die Firma in Ruhe weiterarbeiten kann, ohne zum Verkaufsobjekt zu verkommen."

„Woher kommen plötzlich so viele Anteile auf den Markt?"

„Ein Großaktionär will sich offenbar aus dem Geschäftsleben zurückziehen und scheint alles

76

abzustoßen, was er nicht mehr haben will. Er mistet aus. Ich bin hier, weil ich hoffe, dass unsere Hausbank mit ihrem Kapital hinter uns steht."

„Wie darf ich das verstehen?"

„Nun, wir wollen das Angebot überbieten und die Aktien zunächst selbst übernehmen."

„Verstehe ich Sie richtig? Sie wollen ein Angebot von 300 Millionen Mark überbieten?" Herr Soderbaum hatte von diesem Vorhaben keine gute Meinung. Er hielt einen solchen Schritt für sehr gewagt. Er versteckte sich hinter der Tatsache, dass ständig Firmen übernommen wurden.

„Das haben wir vor. Die Firma ist gesund, es gibt nichts, was dagegen spricht. Bloß, dafür brauchen wir Ihre Hilfe."

„Sie wollen also, dass wir Ihnen wie viel Geld zur Verfügung stellen?"

„Also 50 mehr sollten es schon sein."

Herr Soderbaum verlor nun endgültig die Bereitschaft, möglicherweise zu helfen.

„... und wir bräuchten das Geld schon morgen."

„Das ist eine Menge Geld. Wenn da etwas schief geht, dann strauchelt auch unsere Bank."

„Sie hatten nie Probleme mit uns!" Steffen ereiferte sich nun stärker. Er bemerkte, dass Herr Soderbaum von seiner Idee nicht im Geringsten angetan war. Er versuchte, die Notwendigkeit zu unterstreichen, dass ihnen praktisch keine andere Wahl blieb.

„Das ist richtig, Herr Claasen, Probleme hatten wir nicht. Aber wir sind eine Privatbank. Wir haben keinen großen Konzern hinter uns. Als sie damals Klienten unserer Bank wurden, weit vor unser beider Zeit, da war das noch etwas anderes. Ihre Firma war bei weitem noch nicht das, was sie heute ist. Sie sind beträchtlich gewachsen. Ihr

Stammkapital betrug etwa ein Zehntel von dem, was es heute beträgt."

„Herr Soderbaum, das weiß ich alles. Die Frage ist aber, ob Sie sich dazu durchringen können, uns zu helfen. Von mir aus kaufen Sie die Anteile."

„Unsere Bank beteiligt sich grundsätzlich nicht an Firmen, egal welcher Branche. Aber ich fürchte ohnehin, dass diese Transaktion doch unsere Möglichkeiten übersteigt. Wir müssten zu viel Kapital umschichten, um dies zu bewerkstelligen."

„Ist Ihnen nicht klar, was Sie anrichten?! Ist Ihnen denn nicht klar geworden, wie wichtig dies ist? Wird dieser Anteil verkauft, geht unsere Firma kaputt! Sie wissen doch, was die Katzler-Zwillinge anrichten. Für die sind wir doch nur ein Spekulationsobjekt. Die pressen uns aus, und das war's!"

„Sie sollten das nicht so schwarz sehen. Auch die Katzler-Zwillinge verstehen etwas vom Geschäft."

„Es ist bloß nicht die Art Geschäft, die wir bisher gemacht haben. Und wir wollen auch heute nicht damit beginnen." Steffen verlor allmählich den Mut. „Was sind Sie eigentlich für eine Bank? Jetzt, wo es darauf ankommt, kneifen Sie, scheuen das Risiko, wie die Katze das Wasser. Warum sind wir Ihnen eigentlich die ganzen Jahre treu geblieben? Womit haben wir verdient, dass Sie uns jetzt so fallen lassen?"

„Herr Claasen, Sie sollten sich unbedingt beruhigen."

„Beruhigen? Sie haben gut reden!" Steffen stand auf und schlich wie ein geschundener Hund durch das Zimmer. „Haben Sie eine Ahnung, was diese Sache für uns bedeutet? Nicht nur für die Firma. Ich persönlich stehe auch vor einem Scherbenhaufen. Ich habe in den vergangenen Jahren jeden Tag in diese Firma investiert.

Ich habe darüber hinaus sogar meine Familie vernachlässigt. Zu einer Zeit, als mein Sohn mich am meisten gebraucht hätte, habe ich nicht gezögert, ihn in ein Internat zu schicken, damit ich mich in Ruhe auf die Firma konzentrieren konnte. Von Walter Hansen ganz zu schweigen. Für ihn ist diese Firma das Lebenswerk. Ein Mann, der im Begriff war, sich langsam über seinen Rückzug aus dem Geschäft Gedanken zu machen, der eine gesunde, kräftige, stetig wachsende Firma hinterlassen wollte. Und nun soll er miterleben, wie sein Lebenswerk zerschlagen wird. Seit Tagen läuft er wie sein eigener Geist durch die Firma. Er hat den Mut verloren, wie eigentlich alle."

„Ich kann Ihre Empfindungen gut verstehen, Herr Claasen. Ich würde wahrscheinlich ebenso reagieren, wenn eine große Bank unseren kleinen Betrieb schlucken wollte, aber das ist nun einmal der Lauf der Dinge. Und Sie können mir glauben, wenn wir Sie als Klienten verlieren sollten, dann wäre das nicht nur ein Verlust für unsere Bank, denn Sie sagten selbst vorhin, dass Sie einer unserer ältesten Klienten sind, und ich darf hinzufügen, einer unserer besten. Wenn wir Sie verlieren sollten, dann wäre das auch ein immenser Verlust für mich persönlich. Doch leider muss ich Ihnen sagen, dass mir in Ihrem Fall jetzt die Hände gebunden sind. Ich muss auch an unsere Bank denken. Sie haben einen sehr mächtigen Gegner, und wir können uns da wirklich nicht erlauben, gegen ihn zu Felde zu ziehen. Schließlich haben mächtige Gegner ebenso mächtige Freunde."

Steffen empörte sich.

„Ihre Feigheit ist doch wirklich durch nichts mehr zu überbieten. Sie haben wohl noch nie etwas von Solidarität gehört und davon, dass sich die Kleinen gegen die Großen verbünden müssen, damit wir überleben können. Doch Sie wählen den einfachen Weg. Überleben durch Verkriechen. Erst dann ans Licht kommen, wenn die Gefahr vorüber ist, wie die Kanalratten."

„Ihr Plädoyer in Ehren, aber das ändert auch nichts mehr an unserer Entscheidung."

„Ist es wirklich die Entscheidung der Bank oder nur Ihre persönliche?"

„Ich bin die Bank."

Verbittert sah Steffen Herrn Soderbaum an. Herr Soderbaum versuchte, sich auch betroffen zu zeigen. Doch tat er nichts anderes, als sich hinter seiner Angst davor zu verstecken, gemeinsam mit jemand anderem gegen einen großen Gegner in die Schlacht zu ziehen.

„Dann haben wir heute wohl nichts mehr zu besprechen."

„So Leid es mir tut. Bitte verstehen sie unsere Haltung. Wir können einfach nicht so viel riskieren. Es ist zu gewagt."

„Was wohl gewagter ist: gegen den Untergang zu kämpfen oder zuzusehen, wie man untergeht."

„Herr Claasen, so ist das Geschäft."

„Sie sagen es. So sind sie eben, die neunziger Jahre."

„Darf ich Ihnen und Ihrer Firma trotzdem alles Gute wünschen? Es läge mir wirklich am Herzen, wenn Sie diese schwere Zeit überstehen würden."

„Wünschen Sie mir, was Sie wollen! Ich bezweifle bloß, dass es irgendeine Bedeutung, geschweige denn eine Wirkung haben wird."

Steffen drehte sich um. Er sah keine Möglichkeit mehr, Herrn Soderbaum umzustimmen.

„Alles Gute, Herr Claasen", sagte Herr Soderbaum leise.

Steffen reagierte nicht mehr. Die einzig realistische Chance, die er sah, hatte sich gerade in Luft aufgelöst.

Sicher, er konnte trotz allem noch einmal das Gespräch mit Hans Söhlke suchen, um zu versuchen, ihn vom Verkauf der Anteile an die Katzler-Zwillinge abzubringen. Aber wie sollte er das bewerkstelligen, ohne ausreichendes Kapital?

Nachdem Steffen wieder auf die Straße getreten war, hielt er kurz inne. Er holte tief Luft und sah sich um. Er betrachtete die umhereilenden Leute, die vor ihm den großen Platz überquerten, der sich vor dem Bankgebäude erstreckte. Frauen, die ihre Kinder aus dem Kinderwagen hoben, weil sie schrieen, ein Pantomime, der seine Darbietung präsentierte. Selbst Teenager, die ihre Nasen an die Schaufenster drückten, hinter denen die neueste Sportmode ausgestellt wurde. Es war alles da. Steffen holte ein weiteres Mal Luft, schloss die Augen und hielt sein Gesicht in den Wind, der über seinen Kopf hinwegzog. Dann, als er seine Augen wieder öffnete, sah er die vereinzelten Wolken, die weit über der Stadt standen, darunter einige Vögel, die ihre Kreise zogen. Dieser Moment hatte einen Hauch von Idylle. Nur für Sekunden vergaß er, dass ihm beruflich das Wasser bis zum Hals stand. Aber in diesem Moment kam ihm zum ersten Mal seit Stunden seine Frau wieder ins Gedächtnis. Egal, was ihm der Tag noch bringen sollte, Inga kehrte an diesem Tag zurück, und er konnte sie endlich wieder in den eigenen vier Wänden in die Arme schließen. Auch sein Sohn würde wieder bei ihnen sein, womit sie wieder eine richtige Familie wären. Steffen stellte sich in seinem Sohn noch immer den kleinen, zurückhaltenden Jungen vor, der er gewesen war, als er ins Internat hatte gehen müssen. Steffen beachtete nicht, dass seitdem drei Jahre vergangen waren und Thomas in dieser Zeit eine beträchtliche Entwicklung durchgemacht hatte. Thomas war sicher vieles, aber nicht mehr der kleine Junge.

Dann begann Steffen langsam, seine Gedanken von den Träumen zu lösen. Er wollte es zumindest nicht unversucht lassen, von dem Verkauf der Anteile abzuraten. Er ließ die Passanten wieder außer Acht und machte sich auf den Weg zu seinem Wagen. Doch auch im Wagen dachte er noch einmal an Inga. Es gelang ihm in diesem Moment einfach nicht, sich auf das Geschäft zu konzentrieren. Bevor er sich also in sein letztes Gefecht stürzte, zog er noch einmal sein Telefon aus der Tasche. Vielleicht war Inga schon zu Hause angekommen, und Frau Kastrow hatte lediglich vergessen, ihn davon zu unterrichten.

Erst nach mehrmaligem Klingeln ging Frau Kastrow ans Telefon.

„Hallo, hier bei Claasen."

„Frau Kastrow, Claasen noch einmal. Ist meine Frau schon angekommen?"

„Nein, leider noch nicht, Herr Claasen. Ich wollte Ihnen ja auch Bescheid geben, wenn es so weit wäre."

„Ja, ich weiß, aber es hätte ja sein können ..."

Frau Kastrow reagierte nicht.

„Und wie kommen Sie voran?", fragte Steffen.

„Ach, hier ist alles klar. Ich bin fertig, von mir aus können alle wieder eintrudeln."

„Haben Sie wirklich schon alles geschafft?"

„Das war doch nun wirklich kein Problem. Die Girlanden hängen, die Kuchen sind gebacken, die Gestecke stehen. Es ist alles fertig. Jetzt fehlen nur noch Sie und Ihre Familie. Aber das wird ja auch nicht mehr allzu lange dauern, hoffe ich."

„Da bin ich sicher, Frau Kastrow. In ein paar Stunden werden wir alle beisammensitzen und die Rückkehr meiner Frau und meines Sohnes feiern."

„Das wird bestimmt Spaß machen. Endlich einmal wieder kommt Leben ins Haus. Es war viel zu ruhig in letzter Zeit. Ich freue mich jedenfalls schon."

„Ich mich auch, Frau Kastrow. Und es dauert auch nicht mehr lange, dann ist es endlich so weit."

„Das ist schön..."

„Frau Kastrow, nichtsdestoweniger muss ich jetzt noch einmal weiter. Bis heute Abend dann."

„Ja gerne, auf Wiedersehen."

Steffen saß im Wagen und verlor seinen Blick in die Ferne, während er verträumt auf die Antenne seines Handys klopfte. Frau Kastrow widmete sich nach dem Telefongespräch wieder der Talkshow, die sie sich im Fernsehen eingeschaltet hatte. Die Arbeit war getan, nun wartete sie nur noch und vertrieb sich die Zeit mit Themen wie „Esse ich zu viel Fleisch?".

Zur gleichen Zeit war der Kran schon fast wieder außer Sichtweite gefahren. Nachdem sich niemand gefunden hatte, den Reifen des Abgesandten zu wechseln, hatte der sich verärgert selbst daran gemacht. Nach fast einer Dreiviertelstunde hatte er es dann auch schließlich geschafft. Mit gespreizten schwarzen Fingern, die er weit von seinem feinen Anzug entfernt hielt, war er auf der Suche nach einem Stück Stoff, um sich die Hände wenigstens wieder etwas sauberer zu wischen. In seinem Kofferraum wurde er schließlich doch noch fündig.

Die Schiffscrew war längst wieder damit beschäftigt, das Schiff fürs Auslaufen fertig zu machen. So standen nur

Horst und seine Kollegen um ihren Schwertransport herum und warteten auf die beiden Begleitfahrzeuge der Polizei, die zusätzlich ihren Weg sichern sollten. Zehn Minuten hatten sie schon Verspätung, als Horst sie endlich auf das Gelände fahren sah.

„Sie kommen spät", meinte Horst, nachdem sie neben ihm gehalten hatten und aus ihren Wagen ausgestiegen waren.

„Wir haben es nicht gleich gefunden. Diese Kaianlagen sehen doch alle gleich aus."

„Da haben Sie Recht", erwiderte Klaus, „man kann sich hier schnell verfahren."

„Wir waren erst eine zu früh eingebogen, und als wir bemerkten, dass wir auf dem falschen Weg waren, war es auch schon zu spät."

„Ist auch alles nicht so tragisch", meinte Dieter.

„Sie hatten uns bereits letzte Woche die Route gegeben", bemerkte der andere Beamte. „Hat sich daran noch etwas geändert?"

„Um Gottes Willen nein. Die Route ist genau so wie angegeben. Mit dem Ding auf dem Rücken gibt es sowieso nicht allzu viele Alternativen, wo man entlangfahren könnte."

„Sie begleiten uns?", wandte sich der Abgesandte an die Beamten.

„Ja, wie angefordert. Zwei Wagen."

„Prima!", meinte Horst und klopfte sich auf die Schenkel. „Dann kann es ja losgehen."

„Was meinen Sie, wie lange wir unterwegs sein werden?", erkundigte sich ein Beamter.

„Bei dem Weg ist das schwer zu sagen ...", sagte Horst, „wenn wir keine großen Probleme auf dem Weg bekommen, dann rechne ich damit, dass wir in etwa drei bis vier Stunden am Ziel sein werden. Sie dürfen nicht vergessen, wir werden nur selten schneller als Schritttempo fahren."

„Wenn wir Glück haben, kommen wir gut durch und sind vor dem Feierabendverkehr am Ziel!", rief Heinz vom anderen Ende herüber. Danach stieg er in seinen Bus und wartete darauf, dass es endlich losging. Um es bei der Abfahrt nicht zu vergessen, schaltete er gleich nach dem Einsteigen sein gelbes Signallicht auf dem Dach ein.

Auch der Abgesandte, der sich noch immer recht ausgeschlossen vom Vorgehen fühlte, setzte sich in seinen Wagen.

„Dann auf gutes Gelingen!", meinte ein Beamter und gab Horst die Hand.

„Wird schon schief gehen", erwiderte Horst. „Klaus, kommst du ..."

„Ja sicher..."

Nach und nach stiegen alle wieder in ihre Wagen. Zunächst nahmen die Wagen ihre Positionen ein, bevor sich der Zug auf den Weg machte. Einer der Polizeiwagen setzte sich ans Ende des Zuges, noch hinter den Servicebus, in dem Dieter sich gerade für die Fahrt vorbereitete. Heinz setzte sich mit seinem Bus an die Spitze, gleich hinter den ersten Polizeiwagen.

Horst saß hinter seinem überdimensionalen Lenkrad und rieb sich die Hände. Weit oben in seinem Führerhaus beobachtete er, wie die Wagen ihre Positionen einnahmen. Klaus hatte wie üblich neben ihm Platz genommen.

„Wie spät?", fragte Horst.

„Gleich drei", sagte Klaus.

„Ist spät geworden."

„Kann man nichts machen."

„Wir hätten schon aus dem Hafen heraus sein können."
„Was soll's, jetzt geht es ja los."
„Na dann wollen wir mal ..."
Horst griff zum Zündschlüssel, den er im Schloss hatte
stecken lassen, und ließ den Motor an. Mit lautem
Brummen brachte sich der Motor auf Touren und ließ von
dem Moment an das Führerhaus vibrieren. Wenig später
setzte sich der Zug mit den fünf Begleitfahrzeugen und
dem schweren Lastzug in Bewegung. Der Abgesandte
hatte sich mit seinem Wagen am Ende des Zuges mit
eingereiht.

Doris und Inga hatten auf ihrem Rückweg eine kleine
Pause eingelegt. Inga hatte das Bedürfnis, mit ihrer
Schwester einfach nur einmal ein paar Minuten auf einem
ruhigen abgelegenen Wanderweg entlangzuspazieren.
Die Sonne schien hoch über ihnen, und in den Bäumen
des kleinen Waldes, gleich neben dem Wanderweg,
huschten die Vögel umher. Über die Wiesen, die auf der
anderen Seite des Weges waren, streifte sanft der Wind
hinweg. Doris und Inga genossen den Duft der Gräser, der
ihren Nasen schmeichelte. Überhaupt genossen sie diesen
Moment. Die laue Wärme, die sie umgab. Dieser Ort war
so nah, so schnell mit dem Auto zu erreichen, aber sie
waren beide nie zuvor an diesem Ort gewesen. Immer
waren sie achtlos an ihm vorbeigefahren. Bis zu diesem
Tage.
„Ich bin so froh, wieder nach Hause zu kommen", sagte
Inga.
„Das kann ich mir vorstellen. Nach so langer Zeit ..."
„Aber kannst du dir auch vorstellen, dass ich furchtbare
Angst habe?"
„Angst wovor?"

„Vor ... vor allem. Vor der Familie, vor dem Alltag ... vor den Geschäftsfreunden. Einfach vor dem ganzen Leben, für das ich wieder verantwortlich bin."

„Na, die Geschäftsfreunde wird Steffen dir doch sicher nicht gleich wieder zumuten."

„Das meine ich gar nicht. Aber ich bin doch jetzt die, die mal ein Alkoholproblem hatte. Wie sie gaffen werden ..."

„Keiner wird dich angaffen. Du bist doch nicht die Einzige, der es so ergeht. Und selbst wenn! Schließlich hast du es überstanden. Du hast dich im Griff, und das ist das Wichtigste."

„Ich habe trotzdem total weiche Knie."

„Ich war ja von Anfang an der Meinung, dass Steffen dich hätte abholen sollen."

„Ach du weißt doch, wie er ist. Arbeit, nichts als Arbeit. Aber es ist dennoch anders. Früher wusste ich wenigstens, wie es bei der Arbeit lief. Heute weiß ich nichts mehr. Er hat mir seit drei Jahren nichts mehr erzählt."

„Das wäre auch noch schöner gewesen: dich in so einer Situation mit seinen Geschäften zu belästigen!"

„Hast ja Recht. Aber ich fühle mich so ausgeschlossen."

„So ein Blödsinn! Du hattest genug mit dir selbst zu tun!"

Inga genoss die Ruhe dieses Ortes. Fest am Arm ihrer Schwester untergehakt, schlenderte sie über den Weg. Ein befreites Lächeln zeigte sich auf ihrem Gesicht, und sie begann ihr neues Leben zu genießen.

„Ich freue mich auf Thomas", sagte Inga. „Ich habe ihn so lange nicht mehr gesehen."

„Wie lange ist es her?"

„Fast vier Monate."

„Er hat sich sehr verändert."

„Das hat er ... Denkst du, dass es richtig war, ihn in ein Internat zu geben?"

„Ich bin mir nicht sicher. Einerseits mag ich keine Internate, und andererseits glaube ich nicht, dass Steffen ihm ein guter Vater hätte sein können. Dazu kümmert er sich zu wenig."

„Das Schlimmste daran war, dass ich nicht sehen konnte, wie Thomas älter wird. Gerade in dieser Zeit geht alles so schnell, und die konnte ich nicht miterleben."

„Mach dir keine Sorgen, Inga! Er ist noch nicht erwachsen. Du wirst ganz sicher noch so manches miterleben dürfen. Und du wirst noch so manches Mal auf deinen Sohn schimpfen."

„Doris, ... höre ich da etwa etwas Ähnliches wie Schadenfreude heraus? Denk daran, deine Kinder kommen auch noch in das Alter!"

„Ja, aber ich habe Mädchen ..."

Bald waren sie wieder am Wagen angelangt. Ebenso wie zu dem Zeitpunkt, als sie angekommen waren, stand ihr Wagen allein auf dem weitläufigen Sandplatz. Es war wochentags, und kaum jemand konnte es sich erlauben, die Zeit für einen Spaziergang außerhalb der Stadt zu nutzen.

Kurz danach waren auch Doris und Inga wieder unterwegs. Unterwegs im Strom auf die Stadt zu, die wie ein Ameisenhaufen vor ihnen lag. Bereit, sie wieder in ihrem pulsierenden Rhythmus aufzunehmen. Der Strom, der immer dichter wurde, je näher sie der Stadt kamen. Der Stadt, die wieder alles für Inga bereithielt. Ihre Familie, ihr Glück, ihr Leben. Inga freute sich darauf, auch wenn sie eine gehörige Portion Respekt hatte und vielleicht sogar ein wenig Angst. Sie starrte nach vorn auf die Stadt. Lauschte immer weniger der Musik, die noch immer aus dem Radio drang, und bemerkte, wie ihr Herz ganz langsam begann, immer schneller zu schlagen. Von Minute zu Minute wurden ihre Hände feuchter, die Aufregung stieg ins Unermessliche. Was würde sie erwarten? Eine Frage, die sie erst beantworten konnte, nachdem sie eingetroffen war. Und ihr Herz raste.

Die großen, weitläufigen Grundstücke waren nichts Besonderes für Steffen. Er fuhr fast gemächlich durch die engen Straßen, die so gar nichts von der Hektik der Großstadt spüren ließen, in der sie sich befanden. Er kannte diese Art von Noblesse. Er wohnte mit seiner Familie auch nicht schlecht, doch waren diese Grundstücke, an denen er nun vorbeifuhr, doch noch zwei Klassen über dem, was er sich leisten konnte. Er hätte nicht einmal gewagt, davon zu träumen, auch einmal ein derartiges Grundstück mit zugehörigem Haus zu besitzen.

Was die Scheu von Herrn Söhlke vor der Öffentlichkeit anging, hatte der Informant vermutlich Recht. Umso überraschender war es dann gewesen, als der alte Herr keine Einwände gehabt hatte, Steffen zu einem Gespräch in seinem Haus zu empfangen. Zwar hatte er ein wenig zerstreut geklungen, was von seinem biblischen Alter herrühren konnte, doch dumm war er ganz sicher nicht.

Steffen hatte das mehrere Meter hohe schmiedeeiserne Tor hinter sich gelassen. Lediglich seinen Ausweis hatte er am Tor in das Blickfeld einer Kamera halten müssen, und wenig später hatte sich das Tor mit einem leisen Summen geöffnet. Nun war er auf dem Anwesen unterwegs und konnte das Haus noch in keiner Richtung entdecken. Fast ehrfürchtig bemerkte er, dass er es bisher nicht für möglich gehalten hatte, dass derart große Grundstücke mitten in der Stadt vorhanden waren. Ein Grundstück, das einem Park glich.

Da er immer dem Sandweg folgte, war er schließlich nach einigen hundert Metern am Haus angekommen. Am Treppenansatz wurde er bereits von einem gut gekleideten Herrn erwartet.

„Guten Tag, mein Name ist Meerdong. Ich bin der Privatsekretär von Herrn Söhlke."

„Guten Tag, Herr Meerdong. Claasen."

„Sie werden bereits erwartet, Herr Claasen. Wenn Sie mir bitte folgen wollen."

Herr Meerdong führte Steffen die Stufen hinauf, in die große Eingangshalle. In dem kathedralenähnlichen Oval hallten ihre Schritte auf dem Marmorboden.

„Wenn Sie bitte kurz hier im Teezimmer Platz nehmen wollen, ich werde Sie dann gleich zu Herrn Söhlke bringen."

„Danke."

Nachdem Herr Meerdong die Tür geschlossen hatte, setzte Steffen sich nicht. Zu sehr bestaunte er die Gemälde an der Wand, die allesamt echt zu sein schienen. Steffen war sich nicht sicher, kam den Gemälden darum immer näher, um mit seinem ungeübten Blick vielleicht doch die Antwort zu erhalten.

„Sie sind echt", sagte Herr Meerdong, als er einige Minuten später wieder in das Zimmer trat.

„Das ist unglaublich ...", staunte Steffen.

„Ist es nicht. Sie waren praktisch nichts wert, als Herr Söhlke sie in den dreißiger Jahren kaufte. Aber trösten Sie sich, ich habe vor ein paar Jahren genau wie Sie reagiert."

„Unfassbar ..."

„Herr Söhlke hätte jetzt Zeit für Sie. Aber ich darf Sie bitten, sehr rücksichtsvoll zu sein. Herr Söhlke ist weit über die neunzig hinaus und Aufregung nicht mehr so gewöhnt."

„Natürlich." Steffen nickte.

Herr Meerdong führte Steffen erneut durch das Haus. Wieder durch die imposante Halle, diesmal aber einige Treppen hinauf in die nächste Etage. An einer der unzähligen schweren Türen blieb Herr Meerdong stehen und wartete auf Steffen, der ihm in gebührendem Abstand folgte. Dann öffnete er die Tür.

„Herr Claasen für Sie, Herr Söhlke", sagte Herr Meerdong in den Raum hinein.

„Danke sehr", sagte Steffen und trat ehrfürchtig in den Raum.

Ein stilvoller Raum. Schwere dunkle Vorhänge, die alle Fenster umsäumten, große Messingleuchten, die gedämpftes Licht in die Weite des Raumes schickten. Vereinzelt standen Regale an den Wänden, die diverse Enzyklopädien beherbergten, und an den übrigen Wänden waren auch in diesem Raum Werke vergangener Meister zu bewundern. Herr Söhlke stand vor einem dieser Werke und betrachtete es versunken. Ein kleiner hagerer Mann, der, vom Alter gebeugt, auf einem Stock Halt fand.

„Sie sind so wunderschön", begann Herr Söhlke mit brüchiger Stimme. „Sie haben mir immer viel Freude gemacht."

„Ihre Sammlung ist mehr als beeindruckend", erwiderte Steffen.

Herr Meerdong hatte sich wieder zurückgezogen. Steffen war mit Herrn Söhlke allein in diesem stimmungsvollen Raum.

„Das sagt jeder. Und jeder beneidet mich um sie. Nur, was soll ich mit ihnen noch anfangen?"

„Was Sie jetzt auch tun: sie ansehen."

„Ich habe so viele, die ich ansehen könnte. Allein die Zeit wird mir fehlen."

„Dann nehmen Sie sich die Zeit."

„Die Zeit nehmen? Junger Mann, sehen Sie mich an, ich sieche nur noch dahin." Langsam kam Herr Söhlke auf Steffen zu. „Setzen wir uns dort hin ...", meinte er und wies auf eine Sitzgarnitur, die sehr unauffällig in einer Ecke stand.

„Ich bin ein alter Mann, und meine Zeit ist um. Ich habe Wichtigeres zu tun, als meine Gemälde zu betrachten."

Herr Söhlke atmete erleichtert aus, als er sich setzte. Die Anstrengung war ihm ins Gesicht geschrieben.

„Ich verbringe fast meine gesamte Zeit nur noch in diesem Haus. Sie sehen ja, selbst der Gang durch dieses Zimmer ist sehr anstrengend für mich."

„Sie sind auch in einem beachtlichen Alter."

„Reden Sie nicht von Dingen, von denen Sie nichts verstehen. Es reicht schon, wenn ich mir so etwas von meinen Erben anhören muss."

„Natürlich ..."

„Aber Sie wollten mich doch bestimmt nicht treffen, um meine Gemälde zu begutachten und mein Alter zu bewundern. Was also führt Sie zu mir?"

„Sie haben Recht. Ich bin hier, um mich mit Ihnen geschäftlich zu unterhalten."

„Geschäftlich? Junger Mann, ich bin schon seit über zehn Jahren nicht mehr geschäftlich tätig gewesen. Ich wüsste nicht, was es da zu besprechen gibt." Immer wieder griff Herr Söhlke in seine Tasche, um sich mit einem Tuch die schweißnasse Stirn zu wischen.

Steffen zeigte sich überrascht.

„Mir scheint eher, dass Sie mit einigen Transaktionen die Wirtschaft gehörig durcheinander bringen", sagte er.

„Ich kann Ihnen nur noch einmal sagen, dass ich nicht mehr tätig bin."

„Aber es gibt doch Beteiligungen an Firmen, die Sie veräußern?"

„Macht das wirklich einen so großen Wind?"

Herr Söhlke ließ sich erleichtert in den Sitz gleiten. Endlich wusste er, wovon Steffen redete.

„Natürlich ...", bestätigte Steffen, „er könnte größer fast nicht sein."

„Sind die Anteile, die ich besitze, tatsächlich noch so viel wert?" Herr Söhlke wunderte sich. Plötzlich bemerkte er, dass er sich wirklich schon sehr lange nicht mehr um das Geschäft gekümmert hatte.

„Das hätte ich nun doch nicht geglaubt. Aber Sie glauben doch nicht, dass ich das noch selbst tue. Ich könnte das heute nicht mehr. Daher habe ich Meerdong beauftragt, meine Beteiligungen abzustoßen. Wenn Sie es so betrachten, scheinen Sie Recht zu haben. Aber sagen Sie mir, was das mit Ihnen zu tun hat und was Sie das angeht."

„Unter anderem wollen Sie ein Aktienpaket unserer Firma veräußern."

„Und welche Firma ist das?"

„Sagt Ihnen die Hansen AG etwas?"

Herr Söhlke grübelte intensiv nach.

„Ich bin mir nicht sicher", sagte er.

„Herr Söhlke, ich kann das nicht glauben! Sie wollen Aktien im Wert von über 200 Millionen verkaufen und kennen die Firma nicht?"

„So viel?" Herr Söhlke erschrak. „Ich wusste nicht einmal, dass ich so viel von der Firma besitze." Herr Söhlke grübelte weiter. „Sie sehen schon. Ich kann Ihnen kaum helfen. Ich glaube, es ist wohl besser, wenn Sie sich in diesen Angelegenheiten mit meinem Anwalt unterhalten. Der hat die Akteneinsicht und wird bestimmt mehr dazu sagen können."

Herr Söhlke wandte sich zur Tür.

„MEERDONG!", rief er mit seiner brüchigen Stimme.

„Wundern Sie sich nicht, Herr Claasen. Er kann uns hören. Er sitzt gleich nebenan."

„Aber war Herr Meerdong nicht Ihr ..."

„Nein, nein, nein ...", wiegelte Herr Söhlke ab, „Meerdong ist auch mein Anwalt. Wo bleibt der denn ..."

Kurz darauf betrat Herr Meerdong wieder das Zimmer.

„Sagen Sie, Meerdong, was machen die Verkäufe unserer Beteiligungen?"

Herr Meerdong begann zu strahlen. „Es sieht ziemlich gut aus ..." Dann hielt er inne und sah Steffen verunsichert an.

„Ja, ja, Meerdong. Ist schon gut, reden Sie weiter!", forderte Herr Söhlke.

„Morgen geht der Verkauf unserer größten Beteiligung über die Bühne."

„Ist das die Hansen AG?", fragte Steffen.

Herr Meerdong war nun abermals verunsichert und sah Herrn Söhlke an.

„Ist sie's?", fragte dieser.

„Ähh, ... ja."

„Danke, Meerdong. Das war's."

Erleichtert zog sich Herr Meerdong wieder zurück.

„Sehen Sie, Herr Claasen, Meerdong kann diese Dinge wesentlich besser erledigen, als ich es noch könnte. Ich kann Ihnen also wirklich nicht helfen. Außerdem hörten Sie ja selbst: Das Geschäft steht bereits."

Steffens Hoffnung war nun völlig zerstört. In dem Moment saß er einfach nur auf der Couch und versuchte, sich zu erholen. Herr Söhlke konnte sich recht gut in das Gefühlsleben von Steffen hineinversetzen. Aber er war müde und kraftlos. Wenn er Steffen gekannt hätte, hätte er sich vielleicht doch noch zu einer anderen Lösung entscheiden können. Andererseits würde Meerdong keinem Geschäft seine Zustimmung geben, das nicht in Ordnung wäre. Und er vertraute Meerdong.

„Es ist gar nicht einmal nur meinetwegen", sagte Steffen leise. „Ich könnte vielleicht noch damit leben. Ich könnte wahrscheinlich auch unter einer neuen Führung arbeiten. Irgendwann würde ich dann eben einfach wechseln, wenn es nicht mehr ginge, und woanders unterkommen. Am meisten trifft diese Sache Herrn Hansen selber. Er sieht sein Lebenswerk in Gefahr, und das schmerzt mich."

Herr Söhlke reagierte nur unwesentlich.

„Na ja, aber mit meinem Besuch bei Ihnen habe ich alle meine Möglichkeiten ausgeschöpft. Ich werde Sie dann jetzt auch nicht mehr weiter aufhalten."

„Sie haben mich nicht aufgehalten."

„Ich danke ihnen jedenfalls sehr, dass Sie Zeit für mich hatten."

„Junger Mann, ich lasse Sie noch zur Tür begleiten."

„Danke, Herr Söhlke. Das ist wirklich nicht nötig. Ich finde selbst hinaus."

Steffen verließ seinen Gastgeber, ohne ihm die Möglichkeit zu lassen, noch einmal zu widersprechen, um ihn doch noch zur Tür geleiten zu lassen. Herr Söhlke blieb zurück, mit einem gewissen Grad der Bewunderung für Steffen. Auch wenn er sich außer Stande sah, ihm zu helfen, empfand er beinahe Mitleid für ihn. Kurze Zeit später hörte er seine Haustür wieder ins Schloss fallen. Auch dieses eigentlich wenig anstrengende Treffen hatte an seiner schwächlichen Verfassung seine Spuren hinterlassen. Erschöpft ließ er sich zurück in einen Sessel fallen und nickte gleich danach ein, während ihm noch der Name Hansen im Kopf herumgeisterte.

Steffen hatte, als er das Haus verließ, endgültig seine Hoffnung verloren. Alles hatte er versucht. Doch keiner konnte oder wollte ihm helfen. Seltsamerweise belastete ihn die Sache von diesem Moment an nicht mehr. Er war eben mit seiner Macht am Ende. Was sollte er sonst noch tun? Ihm blieb nichts mehr. Als Einziges wollte er dem 'Alten' die schlechten Nachrichten persönlich überbringen. Danach wollte er dann nur noch für seine Familie da sein.

Als Steffen wieder unterwegs war und das großzügige Anwesen verlassen hatte, sah er auf die Uhr und erschrak, als er feststellte, dass es schon später Nachmittag war. So sehr raste die Zeit an ihm vorbei. In all der Hektik hatte er nicht einmal bemerkt, dass er den ganzen Tag noch nichts gegessen hatte. Aber auch das wollte er am Abend mit seiner Familie nachholen.

Relativ weit entfernt, an einem anderen Ort der Stadt, war der Schwertransport unterwegs. Die ersten Berührungspunkte mit dem Straßenverkehr gab es schon, und die ersten Flüche wurden auch schon in so manchem Privatwagen ausgestoßen.

Horst und der Rest des Konvois hatten das Hafengebiet bereits verlassen. Etwas mehr als eine Stunde waren sie zu diesem Zeitpunkt unterwegs. Horst und Klaus stimmten sich immer wieder gegenseitig zu, wenn einer von ihnen meinte, wie gut sie vorankämen. Wann immer es einer von ihnen behauptete, hatte er Recht. Sie kamen wirklich sehr gut voran. Es gab keinerlei Probleme.
Horst fühlte sich mal wieder bestätigt. Es gehe einfach nichts über eine gute Wegplanung, meinte er immer. Darum ließ er es sich auch nicht nehmen, die Route selbst herauszusuchen.

Unbeirrt fuhr der Konvoi langsam seine Strecke ab. Einige größere Kreuzungen hatte er schon hinter sich gelassen und war nun mitten im Straßengeschehen verankert. Es gab keine Alternative mehr dazu, die Strecke so schnell und sicher wie möglich hinter sich zu bringen. Hinter dem Polizeiwagen, am Ende des Konvois, stauten sich schon einige Fahrzeuge. Andere, die schon an einer der vorher überquerten Kreuzungen festsaßen, waren froh, dass sie ihren Weg fortsetzen konnten.
Für einen Schwertransport kamen sie wirklich gut voran. Heinz, der an der Spitze fuhr, ließ immer mal wieder gelassen seinen Blick in den Rückspiegel schweifen und stellte doch immer nur wieder fest, dass nach wie vor alles in Ordnung war. Horst und Klaus unterhielten sich hoch oben in ihrer Führerkabine, und die Polizisten langweilten sich. Sie waren erst wieder gefragt, wenn sie die nächste Kreuzung in alle Richtungen sperren mussten. Ansonsten

blieb ihnen keine andere Aufgabe, als langsam nebenherzufahren.

Als Einziger kaute der Abgesandte in seinem Wagen nervös auf seinen Fingern herum. Noch einmal wollte er so etwas nicht mitmachen.

Und so ließen sie Meter für Meter hinter sich. Kamen ihrem Ziel und dem damit verbundenen Feierabend immer näher. Sie zogen fluchende Autofahrer in ihren Autos hinter sich her und konnten ihnen ihren Unmut nicht einmal übel nehmen. Es gehörte eben dazu. Dieser Konvoi, der sich dem beginnenden Feierabendverkehr wuchtig in den Weg stellte, brachte ganze Straßenzüge zum Erliegen.

Aber die Stadt war groß. Groß genug für sie alle. Groß genug, dass Steffen von diesem Schwertransport nicht das Geringste mitbekam. Er war schon wieder in der Firma angekommen und fuhr gerade in die Tiefgarage. Nur wenige Minuten trennten ihn noch davon, Walter die Ergebnisse seiner Bemühungen zu berichten. Auch Doris und Inga bemerkten von diesem Schwertransport nichts. Am anderen Ende der Stadt waren sie gerade im Begriff, bei Inga zu Hause anzukommen. Frau Kastrow, die noch immer die Talkshow im Fernsehen sah, bemerkte es nicht. Wieder war es ein immens wichtiges Thema, das sie völlig in Beschlag nahm.

Thomas, der noch immer im Zug saß, würde auch bald wieder ein Teil dieser Stadt sein. Er war der Einzige von ihnen, der diesen Schwertransport bemerkte. Der Stau, der sich hinter ihm her quälte, hatte seine letzten Ausläufer auf einige Autobahnabfahrten verteilt. Thomas konnte sie sehen, als er in seinem Zug, gelangweilt an die Scheibe gelehnt, zügig an ihnen vorüberfuhr. Er beachtete das Geschehen nicht einmal. Warum auch? Es war etwas, das immer wieder einmal in dieser großen Stadt vorkam.

Über all dem Treiben, über allen Personen stand der Nachmittag in seiner schönsten Blüte. Bereit, sich seinem Schicksal zu fügen, um bald dem Abend seinen Platz zu überlassen. Die Sonne stand noch immer hoch am Himmel. Nur die Uhrzeit ließ sich davon nicht beirren und schritt immer weiter voran. Das Leben in der Stadt pulsierte. Der Konvoi zog langsam durch die Stadt, Inga schloss das Tor zum Grundstück, während Doris die Taschen aus dem Wagen hob. Steffen bemerkte die feuchte Kühle der Tiefgarage als willkommene Abwechslung zur trockenen Wärme im Freien. Die automatische Anzeigentafel im Bahnhof reagierte erst in dem Moment, als der Zug schon fast zum Stehen gekommen war. Nur noch eine Station weiter, dann würde Thomas auch endlich am Ziel sein. Es hatte sich immer noch nicht mehr Freude in seine Gedanken gemischt. Er blieb vorerst dabei, sich nicht über seine Heimkehr zu freuen. Walter, der sich immer mehr mit seinem Schicksal abfand, stand in diesem Moment wieder an seinem Fenster. Er starrte auf das Treiben weit unter ihm auf den Straßen. Doch er nahm es nicht wirklich wahr.

VIER

Inga atmete tief ein. Sie stand am Tor, das sie soeben geschlossen hatte, und blickte in den Himmel. Die Spitzen der Tannen konnte sie sich im Wind wiegen sehen, und in ihr Ohr drang das dumpfe Geräusch einer zugeschlagenen Kofferraumklappe.

„Soll ich dir helfen?", fragte sie.

„Nein, lass nur", erwiderte Doris. „Sorge nur dafür, dass die Kastrow endlich die Tür aufmacht."

Inga lief zur Tür, um zu klingeln. Gerade in dem Moment, als sie klingeln wollte, öffnete Frau Kastrow die Tür. Freudestrahlend sah sie die beiden Heimkehrenden an.

„Oh, ich habe es gerade bemerkt", kreischte Frau Kastrow vor Freude. „Ich kann es noch gar nicht glauben: Endlich sind Sie wieder da!"

Frau Kastrow konnte ihrer Freude kaum Einhalt gebieten. Stürmisch fiel sie Inga um den Hals.

„Ich freue mich so ... ich freue mich ja so ...", wiederholte sie immer wieder.

Auch Inga war durchaus erfreut, Frau Kastrow wiederzusehen, aber eine derart enthusiastische Begrüßung hatte sie nicht erwartet. Inga hatte Mühe, dem stürmischen Drang Frau Kastrows, sie zu umarmen, standzuhalten. Sie war bemüht, nicht umzukippen.

Doris stand mit den Taschen hinter den beiden. Ungeduldig versuchte sie, die beiden zurück in das Haus zu treiben. Sie konnte beim besten Willen nicht an ihnen vorbeikommen.

„Nun geh schon ...", drängelte sie und stieß Inga die Taschen in die Kniekehlen. „Ich will nicht ewig hier draußen stehen."

Endlich bemerkte auch Frau Kastrow die Bemühungen von Doris, ins Haus zu gelangen.

„Oh Verzeihung! Sie haben ja so Recht. Wir sollten zuerst ins Haus gehen."

Hilfreich wollte sie Doris zur Hand gehen.

„Danke, Frau Kastrow. Das geht schon. Lassen Sie mich jetzt nur ins Haus, bitte."

„Ja, natürlich." Frau Kastrow trat etwas verstört zur Seite. Doris verschwand im Haus und brachte die Taschen im nächstbesten Zimmer unter.

„Kommen Sie, Frau Kastrow, gehen wir rein", sagte Inga.

„Ja ... ich kann es nur wiederholen: Ich freue mich wirklich, dass Sie endlich wieder zu Hause sind."

Inga und Frau Kastrow gingen Arm in Arm ins Haus. Frau Kastrow war viel zu aufgeregt, um zu bemerken, wie angespannt Inga in diesem Moment war. Inga war bemüht, es sich nicht anmerken zu lassen. Sie betrat ihr Zuhause. Es war ein mulmiges Gefühl. Schließlich hatte sie es in einem denkbar schlechten Zustand verlassen.

„Es war kein richtiges Zuhause mehr, seit Sie weg waren. Es wird Zeit, dass es wieder eines wird."

„Glauben Sie mir, Frau Kastrow, ich sehe das genauso. Und ich hoffe mit Ihnen, dass dies wieder ein richtiges Zuhause wird."

Erst jetzt bemerkte Inga, wie Frau Kastrow das Haus hergerichtet hatte. Die großen Blumengestecke präsentierten sich stolz, und die Girlanden lächelten sie an. Aus der Küche duftete der Kuchen, und die kalte Platte konnte sie durch den Spalt der geöffneten Tür sehen. Im Hintergrund lief noch immer eine angeregte Diskussion über Fetischismus. Frau Kastrow hatte in ihrer überschwänglichen Freude vergessen, den Fernseher auszuschalten.

„Ich glaube, den mache ich jetzt aus", sagte sie, nachdem Inga sich etwas überrascht über die Argumentation eines der Diskussionsteilnehmer gezeigt hatte.

„So ein Aufwand ...", sagte Inga und sah sich weiter staunend um.

„Gefällt es Ihnen?"

„Haben Sie doch ganz gut hinbekommen", sagte Doris nüchtern, als sie aus dem Nebenzimmer wiederkam.

„So einen Aufwand hätten Sie nicht betreiben sollen", meinte Inga beeindruckt.

„Ihr Mann wollte es gerne so haben, und ich fand es auch angemessen, wenn ich das sagen darf."

„Es ist schön, wirklich ..."

„Ja? Es hat mir auch sehr viel Spaß gebracht, alles so herzurichten."

„Ein bisschen dick aufgetragen ist es schon ...", meinte Doris.

„Ich finde es schön", entgegnete Inga.

„Ist es ja auch ...", räumte Doris ein und hoffte, dieses Thema endlich beendet zu haben.

Frau Kastrow stand, noch immer strahlend, mitten im Raum. Unbewusst umklammerte sie die Fernbedienung des Fernsehers.

„Möchten Sie beide einen Kaffee? Ich habe schon einen fertig gemacht."

„Ja", sagte Inga, „ein Kaffee wäre jetzt genau das Richtige."

Entschlossen und voller Tatendrang machte sich Frau Kastrow in die Küche auf. Inga ließ sich unterdessen erleichtert in die Couch fallen.

„Endlich wieder zu Hause", sagte sie. Langsam wich die Anspannung von ihr. „Manchmal dachte ich, ich schaffe es nicht."

„Das haben wir alle gedacht, und nicht nur einmal!", entgegnete Doris.

„Ich weiß. Es war auch wirklich nicht einfach. Das kannst du mir glauben."

„Aber nun hast du es geschafft!"

„Ja, das habe ich."

Inga und Doris saßen sich nun gegenüber. Sie gaben sich beide Hände und drückten sie ganz fest. Als ob sie sich gegenseitig Mut machen wollten. Doch brauchten sie das nicht mehr. Das Ziel war mit ihrer Heimkehr erreicht, und Inga war stolz darauf, dass sie wieder zu Hause war.

„Ich bin so verdammt froh, wieder hier zu sein."

„Und wir sind verdammt froh, dass du wieder zu Hause bist."

„Hier ist er schon ...", unterbrach Frau Kastrow die beiden. Auf einem kleinen Tablett trug sie die Kaffeetassen herein. „Extra frisch gemahlen."

„Der riecht auch sehr gut", meinte Inga. „Ihr Kaffee hat mir sehr gefehlt, das können Sie mir glauben."

Gemütlich saßen die drei am Wohnzimmertisch und genossen den Kaffee. Frau Kastrow war noch immer völlig aus dem Häuschen und strahlte Inga an. Auch in dieser Situation zeigte sich, was Frau Kastrow für eine gute Seele war. Ihre Freude war ehrlich, und niemand konnte sie ihr nehmen.

Weit entfernt quälte sich der Schwertransport mühevoll durch den Verkehr.
„Ich hätte nicht gedacht, dass ich mit so einer Fracht mal mitten durch den Berufsverkehr fahren würde", meinte Horst.
„Das hat wohl keiner von uns", erwiderte Klaus.

Horst saß griesgrämig über seinem Lenkrad und schob eine Zigarette von einem Mundwinkel zum anderen.
„Die denken alle nur noch ans Geld", fuhr Klaus fort. „Wäre das Schiff nicht so früh hier gewesen, hätten wir ganz in Ruhe in der Nacht fahren können. Aber nein ..."
„Du sagst es. Und wir haben den Ärger ..."

Kaum hatten sie wieder eine Kreuzung überquert, konnten einige Autofahrer ihre Heimfahrt verspätet, aber dann unbehindert fortsetzen. Sie bogen hinter dem Konvoi ab und fuhren in eine andere Richtung davon, erleichtert, dem Stau entronnen zu sein.

Stumm stand Steffen vor den Fahrstuhltüren in der sich leerenden Eingangshalle. Auch in seiner Firma gingen die ersten Angestellten in den Feierabend, und es dauerte nicht lange, da folgten ihnen die nächsten.

Steffen bestieg den ersten Fahrstuhl, der sich ihm öffnete. Ungeduldig hatte er beide angefordert. Als Steffen in der Chefetage angekommen war, sah er gerade noch, wie die Sekretärin vom 'Alten' ihr letztes Telefongespräch beendete. Ihre Taschen hatte sie schon gepackt, und sie war im Begriff zu gehen.

„Ist der 'Alte' noch da?"

„Natürlich. Ich denke, er wartet noch auf Sie."

Entschlossen ging Steffen auf das Büro zu.

„Sie beide brauchen mich doch nicht mehr?"

„Sicher nicht, gehen Sie ruhig."

„Einen schönen Feierabend ..."

„Ihnen auch!"

Nach einem zaghaften Anklopfen betrat Steffen das Büro. Walter stand noch immer an seinem Fenster und betrachtete das Treiben. Er warf einen langen dunklen Schatten ins Zimmer, der das Zimmer fast völlig verdunkelte. Die Sonne hatte eine denkbar ungünstige Position erreicht. Es war ihr unmöglich geworden, das Zimmer ausreichend zu beleuchten.

„Steffen, ich dachte nicht, dass Sie noch einmal ins Büro kommen würden."

„Sie sind normalerweise zu dieser Zeit auch nicht mehr hier."

Steffen nahm in der Mitte des Raumes auf der großzügigen Couch Platz.

„Ich glaube, die Situation erfordert es. Wie ist Ihr Tag verlaufen?"

Walter ging zu seiner Minibar hinüber. „Trinken Sie auch etwas?"

„Nicht so gut, wie ich gehofft hatte. Danke, nur etwas Alkoholfreies."

„Haben Sie Ihre Gespräche geführt?"

„Ja, aber leider mit wenig Erfolg."

„Hat Soderbaum Sie abblitzen lassen?"

Steffen setzte ein verzweifeltes Lächeln auf. „Hat er. Er wollte nicht zwischen die Fronten geraten."

„Kann man ihm nicht einmal verübeln", meinte Walter und nippte an seinem Rum. Steffen reichte er ein Glas Wasser.

„Als ob er ohne zu kämpfen sicherer wäre ..."

„Ist er wahrscheinlich nicht."

„Ganz sicher nicht!", versicherte Steffen. „Ich habe erfahren, wer es auf uns abgesehen hat."

„Ich möchte es eigentlich gar nicht mehr wissen ..."

„Die Katzler-Zwillinge."

„Wer sonst ..." Walter nahm einen weiteren großen Schluck aus seinem Glas und füllte es sofort wieder auf.

„Sie sollten doch einen mit mir trinken."

Steffen winkte erneut ab, was Walter resignierend zur Kenntnis nahm.

„Was ich aber bisher auch nicht wusste war, dass diese Firma einen großen stillen Teilhaber hat. Dem haben wir diesen Schlamassel erst zu verdanken."

„Sie sagten es doch eben selbst. Er ist ein stiller Teilhaber. Darauf hat er immer wert gelegt. Dass er sich nun allerdings von seinen Anteilen trennen will, überrascht mich doch etwas."

„Sie hätten es mir wirklich sagen können, dass es noch jemanden gibt! Das hätte mir sicherlich mein Vorgehen erleichtert. Ich hätte mich viel besser auf einen derartigen

Verhandlungspartner einstellen können. Aber was soll's. Am meisten stört mich", sagte Steffen, „dass die Bank uns nicht einmal zu helfen versucht."

„Die Zeiten sind längst vorbei, Steffen. Das wissen Sie. So etwas gab es früher einmal. Zu meiner Zeit. Heute haben solche Tugenden keinerlei Bedeutung mehr. Heute muss es Profit sein. Profit und immer nur noch mehr Profit. Da ist jeder sich selbst der Nächste", sinnierte Walter und schwenkte den Rum im Glas. „Als ich damals mit der Firma angefangen habe, da haben wir die meisten Geschäfte noch per Handschlag besiegelt. Und nichts konnte uns dann noch davon abbringen, diese auch zu erfüllen. Heute nützen selbst die ausgeklügelsten Verträge nichts mehr. Irgendein Anwalt findet immer noch eine Lücke, und alles war umsonst. Es ist nicht mehr meine Zeit."

„Sie sehen das zu schwarz, Walter."

„Ich glaube nicht. Wenn die es wirklich schaffen sollten, in diese Firma einzusteigen, dann werde ich mich noch am selben Tag zurückziehen. Und wie es momentan den Anschein hat, wird das schon morgen sein."

„Wollen Sie das wirklich tun? Sie haben doch diese Firma zu dem gemacht, was sie heute ist ..."

„Und ich werde ganz bestimmt nicht dabei zusehen, wie sie jemand anderes innerhalb kürzester Zeit wieder zerschlägt. Das muss ich mir nicht antun."

„Sie könnten kämpfen."

„Ach was, Steffen! Dafür bin ich zu alt. Ich reagiere nicht mehr so schnell wie früher. Ich erkenne die Zusammenhänge nicht mehr schnell genug."

„Hören Sie auf, Walter! Sie sind ein brillanter Taktiker. Alles, was ich kann, haben Sie mir beigebracht."

107

„Nein Steffen, meine Zeit ist um! Kämpfen Sie! Retten Sie diese Firma vor dem Untergang. Sie haben noch die Kraft dazu, den Katzler-Zwillingen die Stirn zu bieten. Ich nicht! Ich werde morgen meinen Rückzug antreten."

Walter war fest entschlossen. Er wollte unter diesen Bedingungen nicht in der Firma bleiben. Andererseits lastete er die Probleme nur sich selbst an. Er fühlte sich seit langem schon nicht mehr in der Lage dazu, angemessen auf die jeweilige Marktsituation reagieren zu können. In ihm wuchs mehr und mehr die Überzeugung, dass er mit der Übergabe der Firmenleitung an seinen jüngeren Mitarbeiter zu lange gewartet hatte. Und nun war es zu spät.

Walter füllte sich ein weiteres Mal sein Glas. Beide fühlten sich der Situation gegenüber hilflos und ohnmächtig. Und so saßen sie in Walters Büro und prosteten sich zu.

Ein wildes Hupkonzert begann, als die begleitenden Beamten rigoros eine weitere Kreuzung absperrten. Diese Maßnahme hatte tatsächlich etwas Drastisches. Doch es blieb ihnen nichts anderes übrig. Die Anweisung lautete, jede Kreuzung sofort zu sperren, wenn der Schwertransport diese erreichte. Und das taten sie.

Belustigt beobachteten umstehende Passanten die schimpfenden Autofahrer.

„Hören Sie mal, was soll denn der Blödsinn?", schallte es aus der Blechlawine.

Der Beamte versuchte zu beschwichtigen.

„Ist doch wirklich Scheiße!" bekam er als Antwort.

„Reißen Sie sich zusammen! Es geht doch gleich für Sie weiter!", rief der Beamte.

Mit einem monotonen Motorengeräusch schob sich der Schwertransport an den wartenden Fahrzeugen vorbei. Heinz, der vorwegfuhr, und Dieter am Ende des Zuges ernteten dabei noch die geringste Aufmerksamkeit. Der Schwertransport selber und seine Fracht wurden einerseits mit wütenden Blicken betrachtet und andererseits ehrfurchtsvoll bestaunt.

Der Transport hatte zu diesem Zeitpunkt etwa die Hälfte seiner Strecke zurückgelegt. Aber er war noch lange nicht an seinem Ziel angelangt.

„Möchte noch jemand einen Kuchen ...?" Frau Kastrow wurde unsanft von der Türklingel unterbrochen. Sie war vollends in ihrem Element. Kaum war Inga wieder im Haus, begann sie auch schon damit, sie zu umsorgen. Sie tat es gern. Es war ihre Art auszudrücken, wie sehr sie sich über die Rückkehr freute.
Doris ging unterdessen zur Tür.
„Kommt rein!", begrüßte sie ihre Familie.
„Hallo, Schatz!"
„Mami ... Mami ...", riefen die Kinder, ohne sie zu beachten. Sofort stürzten sie in die Küche, um jeden der Kuchen wenigstens einmal zu probieren.
Arm in Arm kamen Doris und ihr Mann zurück ins Wohnzimmer.
„Inga, schön, dass du wieder da bist", sagte Doris' Mann.
Freundlich lächelnd umarmten sie sich.
„Lass diesen gefühlsbetonten Quatsch! Du weißt, ich mag das nicht", sagte Inga.
„Es hilft nichts! Heute musst du es wohl oder übel ertragen."

„Kinder, nicht so viel auf einmal!", rief Frau Kastrow völlig aufgelöst. Was sie an Geräuschen aus der Küche vernahm, ließ sie Böses ahnen.

„Ich sehe besser mal nach", meinte sie zu den anderen.

„Ach lassen Sie die Kinder doch. Sollen sie doch essen", entgegnete Doris.

Walter betrachtete sein Glas und erkannte durchaus die Gefahr, sich an diesem Abend zu betrinken. Er wollte sich nicht einmal dagegen wehren. Wenn es geschah, dann geschah es eben. Die Situation war danach.

„Hatten Sie nicht gesagt, dass heute Ihre Familie wieder nach Hause kommt?"

„Ach du lieber Gott! Die habe ich völlig vergessen! Aber Sie haben Recht. Wenn ich mich nicht beeile, dann sind sie doch noch vor mir da."

„Vielleicht sind sie es schon."

„Nein, bestimmt nicht! Unsere Haushälterin wollte mich sofort anrufen, wenn meine Frau ankommt."

Frau Kastrow hatte alle Hände voll zu tun, die Kinder davon abzuhalten, sich die verschiedenen Kuchenstücke gleichzeitig in den Mund zu stecken.

„Sie sollten jetzt aber nach Hause fahren", sagte Walter.

„Kann ich Sie denn hier alleine lassen?"

„Natürlich können Sie das! Fahren Sie zu Ihrer Familie. Es wird sie freuen."

„Und Sie ...?"

„Ich werde hier noch einen Moment sitzen und dann auch nach Hause fahren. Meine Frau ist sicher schon ganz ungeduldig. Den restlichen Abend werde ich zu Hause verbringen und warten, bis es wieder Morgen wird."

„Also gut", sagte Steffen und stellte sein Glas auf den Tisch. „Wir sehen uns dann morgen."

„Ja, wir sehen uns dann ... Feiern Sie schön."

Als Steffen durch die Tür verschwand, blieb der 'Alte' mit seinem Glas in der Hand zurück, bemerkte, dass es bereits wieder leer war, und schenkte sich erneut nach.

Steffen sah noch die Möglichkeit, tatsächlich vor seiner Familie zurück zu sein. Er hoffte es, und er fühlte sich sicher, da ihn Frau Kastrow nicht angerufen hatte. Dass sie es vor lauter Aufregung schlicht vergessen hatte, auf die Idee wäre er nie gekommen. Recht bald war Steffen in einem der beiden Fahrstühle verschwunden.

Das Gebäude war fast leer, und von der hektischen Betriebsamkeit des Tages war nichts mehr zu spüren. Steffen, der auf dem Weg in die Tiefgarage war, war mit seinen Gedanken bereits bei seiner Frau und seinem Sohn. So war es auch nicht verwunderlich, dass Steffen nicht bemerkte, wie der andere Fahrstuhl zur gleichen Zeit auf dem Weg nach oben war. Nicht etwa, dass Walter sich so schnell entschlossen hätte, auch die Firma zu verlassen, vielmehr war jemand anderes auf dem Weg zu ihm. Es sollte noch eine geschäftliche Angelegenheit zu besprechen sein, die nicht mehr bis zum nächsten Tag warten konnte.

Der unangemeldete Gast betrat bereits die Chefetage, bevor Steffen in der Tiefgarage angekommen war. Ein unregelmäßiges Ticken durchbrach die Stille auf der weitläufigen Etage. Aufgrund der Stille hallte das Geräusch wesentlich lauter, als es tatsächlich war. Nur angedeutet war zwischen diesen Ticklauten ein leises

Schleifen zu hören. Nur mühsam schaffte es Hans Söhlke, sich über die glatten Fliesen zu bewegen. Krampfhaft stützte er sich auf seinen Gehstock, der auch die Ursache für das Ticken war. Das Schleifen war sein mühsamer Gang. Ungefragt betrat er Walters Büro. Überrascht sah Walter zur Tür. Erst beim zweiten Hinsehen erkannte er seinen Besucher.

„Hans, Hans Söhlke? Bist du das?"

„Welcher Greis sollte dich wohl sonst hier aufsuchen?!"

Unsicher schlich der alte Mann auf den nächsten Sitzplatz zu.

„Ich werde mich setzen..."

Erleichtert setzte sich Hans Söhlke und rieb sich die von Arthritis geplagten Knie.

„Wie lange ist das jetzt her?"

„Was weiß denn ich? Ich war noch jung, du warst noch jung ... Was soll's, wer will es wirklich wissen, wie lange das her ist?" Müde klangen die Worte, die Hans seinem Gegenüber widmete.

„Mein Gott, Hans, das muss vierzig Jahre her sein!"

„Du kamst auch ohne mich gut zurecht."

„Bis heute ..."

Hans zuckte mit den Schultern „Bis heute."

„Du hast dich nie für die Geschäfte interessiert?"

„Warum sollte ich? Die Bilanzen wiesen immer Gewinn auf, und meine Anteile sind von Jahr zu Jahr wertvoller geworden. Wie ich heute festgestellt habe, auf einen Preis, den ich niemals zu träumen gewagt hätte."

Die beiden alten Herren verloren keine Zeit. Sofort begannen sie sich zu unterhalten, als ob ihr letztes Treffen keine vierzig Jahre zurückgelegen hätte. Das bisschen Smalltalk wurde schnell durch den waren Grund dieses erneuten Treffens abgelöst.

„Walter, ich bin müde, ich bin alt ... ich bin schon lange müde. Ich habe mich schon Jahre nicht mehr um die Zahlen gekümmert. Warum auch? Was soll mir in meinem Alter denn noch passieren? Ich bin reich genug, da kommt es nicht mehr darauf an, wie viel man besitzt."

„Möchtest du etwas trinken?"

„Nein danke! Zu so später Stunde vertrage ich nichts mehr. Selbst von Wasser dreht sich mir der Magen." Nach einer kurzen Pause ergriff Hans Söhlke erneut das Wort. „Ich hatte heute Nachmittag Besuch. Von deiner Nummer zwei ... Wie heißt der doch gleich?"

„Steffen Claasen."

„Richtig. Scheint ein tüchtiger Mann zu sein."

„Ist er."

„Aber zu hitzköpfig."

„Es ist eine andere Generation."

„Ja, eine Generation, die der unseren nichts mehr zutraut."

„Was sollen wir machen, Hans? Nach und nach übernehmen nun einmal die Jüngeren das Ruder."

„Ich weiß selber, dass ich auf dem Abstellgleis stehe. Da müssen die es mir nicht noch unter die Nase halten. Gegen uns mit unserem Wissen sind das alles doch nur Grünschnäbel."

„ ... Grünschnäbel, die das Sagen haben. Früher oder später. Warum also verkaufst du die Anteile, Hans?"

„Ich will alles los werden. Ich bin an so vielen Firmen beteiligt, dass ich längst die Übersicht verloren habe. Meine Aktienpakete bedeuten Macht, Walter. Macht, die ich besitze und mit der ich immer sorgsam umgegangen bin. Und nun, da meine Gesundheit rapide schlechter wird, kann ich diese Macht nicht weiter ausüben. Darum wird es Zeit, dass ich sie wieder dem Markt überlasse. Und ich muss das tun, solange ich es noch kann. Stell dir

nur mal vor, meine Brüder und Neffen bekommen diese Macht, Gott bewahre! Dieses erbschleichende Pack."
Immer mehr ereiferte sich der alte Herr.

„Herrgott, Walter! Mein Leben neigt sich dem Ende entgegen. Meine Frau ist lange tot, um mich herum ist es lange schon Nacht! Das Einzige, was mir all die Jahre blieb, waren die Geschäfte. Als ich auch dafür zu alt war, blieb mir doch nicht viel. Und jetzt kann ich schon lange kein gutes Geschäft mehr erkennen. Mir ist nichts geblieben, womit ich mich beschäftigen könnte. Ich habe nur noch meine Erbschleicher, die mich nach und nach ins Grab bringen. Die spekulieren schon seit Jahren auf die Aktienpakete. Aber die Freude mache ich ihnen nicht. Alles wird verkauft! Und alles wird gespendet! Die bekommen nichts von mir!"
Hans Söhlke hatte große Mühe, sich wieder zu beruhigen. Unruhig rieb er sich über die Oberschenkel.

„Du bist nicht der Einzige, Hans, der sich überflüssig fühlt. Mir geht es auch langsam so. Jeden Morgen, wenn ich aus dem Haus gehe, habe ich das Gefühl, meine Frau sieht mir von Tag zu Tag mitleidiger hinterher. Als wenn sie fragen wollte, warum ich mich so quäle. Aber was soll ich tun? Die Arbeit ist mein Leben."
Sein Gegenüber nickte zustimmend.

Das Gespräch der beiden alten Herren begann so langsam, in Fahrt zu kommen. Je weiter sie sich in die Couch zurückfallen ließen, umso tiefer gerieten sie in ihr Gespräch. Vierzig Jahre waren auch wirklich eine lange Zeit. So lange hatten sie sich nicht gesehen. Sie hatten seinerzeit einen Vertrag geschlossen, der es Walter ermöglichte, die Firma aufzubauen. Hans, der sein Geld in die Firma investiert hatte, sollte dafür immer ein Drittel an der Firma besitzen. Danach hatten sie sich nie wieder

114

gesehen. Die Firma hatte zu florieren begonnen, und Hans hatte keine Veranlassung gehabt zu glauben, dass seine Anteile in Gefahr seien. Im Gegenteil: Sie waren ins Unermessliche gestiegen und derart wertvoll geworden wie Hans und Walter es selbst nie auch nur zu träumen gewagt hätten.

Die Schatten der gegenüberliegenden Hochhäuser, die von der sich langsam neigenden Sonne immer länger wurden, ummantelte die beiden alten Herren in ihrem schummrigen Büro immer mehr. Bald waren nur noch ihre Silhouetten zu erkennen, die sich mühsam von dem übrigen Dunkel abzusetzen versuchten.

Obwohl immer mehr Menschen auf dem Weg nach Hause waren, wich die Betriebsamkeit noch lange nicht aus der Stadt. Die Straßen waren nicht weniger voll als am Mittag, und auch andere zentrale Plätze waren noch immer mit Menschen überlaufen.
Züge liefen in den Bahnhöfen ein. Jene, die nur einen kurzen Halt machten, um Fahrgäste aussteigen zu lassen und neue aufzunehmen, aber auch jene, die am Ziel angekommen waren. Aus einem der Züge, die nach kurzer Zeit wieder abfuhren, stieg Thomas. Seinen Rucksack lässig über die Schulter gehängt und die Kopfhörer noch immer in die Ohren gestülpt. Mit kräftigem Griff hatte er seine weitere Tasche gepackt und ging zügig über den Bahnsteig. Falls er Glück hatte, konnte er sofort in den nächsten Bus steigen. Das wusste er, daher ging er, ohne sich aufhalten zu lassen, ebenso zügig Richtung Ausgang. Thomas hatte tatsächlich dieses Glück. Mit einem großen Satz sprang er in den Bus und setzte sich auf den erstbesten Fensterplatz. Er wollte die Heimfahrt genießen.

Die Häuser sehen, die Straßen, die er kannte. Vielleicht auch die Nachbarn, die immer um diese Zeit ihre Hunde ausführten.

Nach und nach wurde sein Herzschlag schneller. Er freute sich, endlich wieder nach Hause zu kommen. Endlich hatte er wieder gute Aussichten, eine wirkliche Familie zu haben. Er war so erwachsen geworden, so unnahbar. Ein Heranwachsender eben. Aber auf eine intakte Familie freute er sich doch. Jetzt endlich.

Alle drei Minuten hielt der Bus an den Haltestellen. Und mit jeder Haltestelle kam Thomas seinem Zuhause, ein Stückchen näher. Ein Stückchen wieder aus der Stadt heraus, in die Randgebiete.

Ziemlich zentral, aber ebenso unterhalb der sich langsam neigenden Sonne schob sich der Schwertransport unermüdlich seinem Ziel entgegen. Mit den gleichen monotonen Motorgeräuschen wie schon seit Stunden und der immer konstanten, kaum über Schritttempo liegenden Geschwindigkeit provozierte er den Unmut der umstehenden Autofahrer.

„Wie lange noch?", fragte Klaus, der seinen Fuß auf das Armaturenbrett gelegt hatte. Es war ermüdend, Stunden um Stunden einen Schwertransport durch den Verkehr zu bringen.

„'ne gute halbe Stunde vielleicht", meinte Horst.

„Wenn wir nur schon beim Abladen wären ...", sagte Klaus.

Auch bei den anderen Beteiligten zeigten sich die ersten Anzeichen einer Ermattung. Heinz kauerte im ersten Wagen über seinem Lenkrad. Er beachtete die Bemühungen der Polizisten, den Weg freizuhalten, kaum noch. Dieter, am Ende des Zuges, war mehr mit den schlecht eingestellten Sendern seines Radios beschäftigt, als mit der Fahrt durch die Stadt. Das Hupen der Fahrzeuge hörte er längst nicht mehr.

Endlich hatte der Zug seine Zielgerade erreicht. Nur noch eine Straße entlang. Eine lange Straße, etwa eine viertel Stunde. Dann waren sie praktisch am Ziel.

Im Haus der Claasens wurde die Stimmung derweil immer gelöster. Nach und nach gaben Inga und die anderen sich immer mehr der Wiedersehensfreude hin und gerieten langsam in einen Rausch der Freude. Rücksichtslos begannen sie sich über die von Frau Kastrow vorbereiteten Speisen herzumachen.

Sie waren alle derart mit der Feierei beschäftigt, dass ihnen gar nicht mehr bewusst war, dass sie noch immer nicht vollständig waren. Thomas war noch nicht von seiner langen Fahrt angekommen, und auch Steffen war noch nicht zu Hause eingetroffen. Frau Kastrow, die ebenfalls enthusiastisch mitfeierte, erinnerte sich noch immer nicht daran, dass sie ihn per Telefon benachrichtigen sollte.

Das Gelächter wurde stärker, und im Hintergrund spielte ein Lied von Tony Marshall. Es war eine Feier.

Endlich hatte Steffen seinen letzten Termin vor dem Nachhauseweg erledigt. Mit einem großen Strauß Rosen im Arm, im ganzen waren es 36 Stück, kam Steffen aus einem Blumengeschäft. Er hatte direkt vor dem Geschäft geparkt und achtete nun, während seiner Schritte zurück zum Wagen, sehr genau darauf, dass er keine Fahrradfahrer übersah. Schon eine kleine Unachtsamkeit, und der Strauß Rosen wäre dem Erdboden gleich gewesen.

Als Steffen schließlich in seinen Wagen stieg, sah ihm die Blumenhändlerin nach, die am Schaufenster stand und die Rollläden herunterließ. Es war längst Feierabend gewesen. Steffen hatte sich aber telefonisch angekündigt. Und da Steffen ein guter und häufiger Kunde war, hatte sie eine Ausnahme gemacht und auf ihn gewartet. Mit drei Schließungen verriegelte sie die Tür, und Steffen fuhr ab.

Auch die Unterredung zwischen Walter und dem alten Herrn Söhlke zog sich immer weiter in den Abend hinein. Die beiden Herren saßen sich nach wie vor auf der großzügigen Couch gegenüber und vergaßen die Zeit. Die untergehende Sonne war längst hinter den gegenüberliegenden Bürotürmen verschwunden und ließ die Decke des Büros orange erscheinen. Walter und Herr Söhlke waren von diesem Schein nicht betroffen. Sie saßen praktisch im Dunkeln.

Mit einem dumpfen Quietschen hatte der Schwertransport mitten auf der vierspurigen Straße angehalten. Leicht verwundert kamen die Polizisten zum Fahrerhaus gelaufen.

„Wollten Sie nicht auf dieses Grundstück dort?", fragte der Erste.

„Das ist richtig", antwortete Horst.

„Aber sind Sie dann nicht zu weit gefahren?"

„Guter Mann, so groß ist das Gelände nicht. Vorwärts kann ich unmöglich manövrieren. Ich werde rückwärts da hineinsetzen."

Die Polizisten gaben sich mit dieser Antwort zufrieden. Hatten sie doch beide nicht die Erfahrung, die Situation ausreichend zu beurteilen.

„Und wie soll es jetzt weitergehen?"

„Nun, zuerst müssen Sie mal den Gegenverkehr stoppen. Die ganze Straße muss dicht sein. In erster Linie brauchen wir hier Platz und etwas Zeit. Dann geht das schon."

In diesem Moment kam auch der Abgesandte nach vorn gestürzt.

„Ist hier was unklar?", fragte er.

Dieter, der am Ende des Zuges in seinem Begleitbus saß, positionierte sich mitten auf die Straße. Er stellte den Motor ab und schaltete die gelben Warnleuchten auf dem Dach ein. Dann öffnete er die Tür, klammerte sich am Türrahmen fest und versuchte zu erspähen, wer Horst alles von seiner Arbeit abhielt.

„Dieter, ist bei dir hinten alles in Ordnung?", ertönte es aus seinem Funkgerät.

„Natürlich ist alles in Ordnung", antwortete er in sein Mikro. „Je eher ihr da vorne euch einig werdet, umso eher können wir die Straße wieder freigeben."

Nun hatte auch einer der Polizeibeamten seinen Wagen bei Dieter abgestellt und gab den nachfolgenden Fahrzeugen ein Handzeichen, das sie zum Anhalten zwang. Geduldig fügten diese sich schließlich in ihr Schicksal.

„Lassen Sie uns einfach unsere Arbeit machen", sagte Klaus zu dem Abgesandten. Er hatte sich dabei nicht einen Millimeter von seinem Beifahrersitz bewegt. Geduldig wartete er darauf, dass Horst sich von dem überforderten Beamten abwenden würde und sie endlich den Transport auf das Gelände bringen könnten.

„Also gut", meinte der Polizist, „wir werden dann jetzt auch den Gegenverkehr stoppen. Und ich habe Sie richtig verstanden? Sie wollen dann jetzt quer über die Straße rückwärts auf das Gelände fahren?"
„Genau das ist unser Vorhaben ..."

Der Abgesandte blieb verdutzt stehen, als der Polizist sich aufmachte, den Gegenverkehr zu stoppen. Mitten auf der Straße. Allein neben einer imposanten Zugmaschine, dessen Fahrer bedrohlich mit dem Gas spielte. Er zog es daher vor, sich schnellstens auf den Gehweg zurückzuziehen.

Von dem Firmengelände kam ein aufgeregter übergewichtiger Mann auf Horst zugelaufen.
„Um Gottes Willen!", rief er. „Fahren Sie uns bloß nicht die Schranke um, das wäre schon die dritte diesen Monat."
„Dann machen Sie die Schranke doch ganz auf", sagte Horst und kurbelte sein Fenster hoch.
„Das ist sie, weiter geht es nicht!", sagte der Wächter verzweifelt.
Hoffend und bangend machte er sich wieder auf, immer einen kritischen Blick auf die zierliche Schranke.

Diese große, vierspurige Straße, die jeden Morgen und jeden Abend zu einer der Ein- und Ausfallstraßen der Stadt wurde, legte sich in diesem Moment zur Ruhe. Die letzten Wagen des Gegenverkehrs waren hindurchgehuscht, und von einer Minute zur anderen war diese Straße auf einer Länge von mehr als dreihundert Metern wie leer gefegt. An den Enden des Konvois blinkten die Warnleuchten auf den Dächern der Begleitbusse und der Polizeiwagen. Ebenso die Leuchten auf dem Fahrerhaus der großen Zugmaschine. Der große Schwertransport, der kerzengerade auf der Straße stand, parallel zu den vier Spuren, schickte sich an, in wenigen Augenblicken die letzten Meter seiner Tour zu bewältigen.

Nach und nach sammelten sich Menschentrauben. Rentner, die mit ihren Hunden spazieren gingen. Kinder, die Eis lutschend auf ihren Fahrrädern saßen.

Ein letztes Mal holte Horst von seinen Kollegen deren Zustimmung ein. Klaus, der auf dem Beifahrersitz souveräne Ruhe ausstrahlte, gab sein O.K. für den Start. Auch Dieter und Heinz gaben durch das Mikro grünes Licht. Einzig der Abgesandte und die Beamten konnten die Lage nicht einschätzen. Und so standen sie etwas hilflos abseits.

Die Rundfunkwarnungen, die sich auf die Route des Schwertransportes bezogen hatten, hatten ihr Optimum erreicht. Es gab, bis auf wenige Ausnahmen, keine übermäßigen Staus. Auch die Bekanntmachung über die kurzfristige Sperrung jener Hauptstraße hatte die Hörer erreicht. Es gab nur wenige wartende Fahrzeuge an den Sperrungen. Alle Autofahrer hatten den Rat befolgt und waren auf andere Straßenzüge ausgewichen. Das es nun auf jenen Ausweichstrecken zu Staus kam, war lediglich eine logische Folge.

Jede Bodenwelle, über die Steffen fuhr, war an den Bewegungsabläufen der Blumen abzulesen. Geduldig ließen sie die Tortur der Fahrt, auf dem Rücksitz liegend, über sich ergehen. Steffens Freude über die Heimkehr wuchs stetig weiter. Gleichzeitig zogen sich nach und nach die Gedanken über die Probleme in der Firma zurück. Die Gedanken an seine Frau waren stärker. Eine ungewöhnliche Situation für einen Workaholic wie ihn. Ohne es zu bemerken, wurde er immer weiter in seine Gedankenwelt gezogen.

Es war Abend. Zwar war die Rushhour schon vorüber aber trotzdem waren noch eine ganze Menge Arbeitnehmer auf dem Weg zu sich nach Hause. Es war fast die gleiche Zeit, wie an den anderen Tagen auch. Die Zeit, zu der Steffen üblicherweise im Stau stand und geduldig darauf wartete, der Nächste zu sein, der es über die Ampel schaffen würde. An diesem Abend allerdings stand er nicht im Stau. Mitten in der Stadt fuhr er auf einer Hauptverkehrsstraße, auf der er sonst ungleich mehr Zeit mit Warten verbrachte, mit mehr als den erlaubten fünfzig Stundenkilometern entlang. Doch er bemerkte es nicht einmal. Immer weiter versank Steffen in seiner Gedankenwelt. Immer weiter fuhr Steffen in diese wie leer gefegte Straße hinein.

Der Schwertransport begann sich ein letztes Mal in Bewegung zu setzen. Alle Beteiligten waren zu diesem Zeitpunkt hoch konzentriert. Jeder auf seinem Posten. Horst und Klaus hatten jeweils ihre Seite des Fahrerhauses im Blick, Heinz und Dieter standen weit entfernt an den sich gegenüberliegenden Straßensperren. Der übergewichtige Mann hoffte für seine Schranke, die er versuchte mit seinem Blick noch ein wenig weiter aufzusperren. Die Passanten warteten gespannt, und nur die beiden Polizeibeamten und der Abgesandte ergaben sich der Situation. Was sollten sie sonst tun? Sie fühlten sich wie das fünfte Rad am Wagen.

Mit einem dumpfen Grollen setzte sich der schwere Wagen rückwärts in Bewegung. Langsam und gemächlich stellte sich der Auflieger quer zur Fahrbahn. Sein erstes Ziel, die Schranke, war aus der eingeschlagenen Richtung schon zu erahnen.

Frau Kastrow erkannte ihr Versäumnis letzten Endes doch noch. Verlegen, aber unauffällig zog sie sich aus der feiernden Runde zurück, um ihr Versäumnis sofort auszuräumen.

Eine Reaktion, die einem Schock glich, jagte Steffen aus seinen Träumen. Das Klingeln seines Handys hämmerte in seine Stille. Erst nach einer kurzen Phase der Erholung und einigen weiteren Klingellauten reagierte er und nahm das Gespräch an.
„Herr Claasen!" hallte es aus dem Telefon. „Ich hatte völlig vergessen, Sie anzurufen! Es ist ja so aufregend!"
„Frau Kastrow ...", versuchte Steffen seine Haushälterin zu unterbrechen
„Sie ahnen ja nicht ..."
„Hallo, Frau ..."
„... was hier los ist ..."
„... hören Sie ...!"
„... die Kinder, die Kuchen ..."
„... ich möchte ... Frau Kastrow ..." Langsam verlor Steffen die Geduld. Nervös schlug er auf das Lenkrad ein und brüllte auf das Telefon ein, das er beschwörend ansah. „Fangen Sie doch bitte ganz von vorne an! Das kann doch nicht so schwierig sein, Herrgott noch mal!"

„Ich kann mich einfach nicht beruhigen ..."

„Versuchen Sie es bitte trotzdem." Steffen versuchte sich das Telefon zwischen seine Schulter und den Kopf zu klemmen. Er wollte auf seine Armbanduhr sehen, da seine Uhr im Wagen defekt war.

„Also gut ...", begann Frau Kastrow nun konzentrierter. Steffen hatte die Zeit abgelesen und griff zurück zum Lenkrad. Als nachteilig erwies sich dabei der glatte geschmeidige Stoff seines Jacketts. Das Handy begann, sich selbstständig zu machen, und rutschte seinen Arm hinunter. Mit hektischen Bewegungen versuchte Steffen, es noch aufzufangen. Doch schlug er es damit nur noch weiter in den Fußraum auf der Beifahrerseite.

„... schon vor einer ganzen Weile kam Ihre liebe Frau zu Hause an", sagte Frau Kastrow, und die Fußmatte hörte sich die Geschichte geduldig an. Verbissen versuchte Steffen, wieder das Telefon in die Hand zu bekommen. Sein Blick geriet dabei immer weiter in den Fußraum und beachtete den Straßenverkehr schon gar nicht mehr. Steffen hörte nur das weit entfernte Genuschel von Frau Kastrow. Nach einiger Anstrengung und weitem Recken erreichte er das Telefon endlich. Es gelang ihm schließlich auch, es wieder in die Hand zu bekommen. Erleichtert richtete er sich wieder auf.

Mit Entsetzen im Gesicht ließ Steffen das Telefon erneut fallen.

„... ich hoffe, Sie nehmen mir nicht übel, dass ich vergessen habe Sie anzurufen", sagte Frau Kastrow und drehte an ihrer Backuhr herum.

Wie in Trance erlebte Steffen, wie Dieter in seiner Signalweste wild gestikulierend zur Seite sprang. Rasend schnell sah er dann den Begleitbus auf sich zukommen.

Steffen hatte nicht mehr die Zeit zu reagieren. Mit einem lauten Bersten rammte er die Seite des Busses und wurde aus seiner Bahn gedrängt. Mit fast unverminderter Geschwindigkeit schoss Steffen nun auf einige auf dem Gehweg stehende Passanten und eine Mauer zu. Noch immer war er wie erstarrt und verkrampfte sich am Lenkrad.

„Reagiere ...", flehte er sich an. „Reagiere doch!"

Die wenigen, die Hand voll von Sekunden kamen ihm wie Stunden vor, und er konnte einfach nicht reagieren. Er sah die Gesichter der Passanten, auf die er zuraste. Mehr sah er nicht. Nicht, wie Dieter ihm, am Boden liegend, nachsah. Nicht den Schwertransport. Dann spürte Steffen die Erlösung. Es glich einer Sperre, die von ihm wich. Endlich wusste er, dass er wieder reagieren konnte. Sein Flehen wurde erhört. Mit einem Reflex riss er das Lenkrad herum, um wieder in seine Spur zu kommen. Er musste versuchen, auf der Straße zu bleiben. Einen kleinen Baum umzufahren, Sträucher aus der Erde zu reißen, beides war er bereit zu tun. Aber nicht an einer Mauer zu enden, nachdem er Passanten in den Tod gerissen hatte.

Der Wagen reagierte so schnell, wie Steffen das Lenkrad betätigte. Die Passanten und die Mauer verschwanden aus seinem Blickfeld, und mit laut quietschenden Reifen schoss er wieder auf die Straße zurück.

Plötzlich gaben die Reifen keinen Laut mehr von sich. Die Geräusche von brechendem und berstendem Metall überlagerten für einige Sekunden jedes Geräusch: das Raunen der Passanten, die Rufe von Dieter und auch das dumpfe Rumoren des Dieselmotors vom Schwertransporter. Das Handy, das Steffen in den Schoß

125

gefallen war, wurde plötzlich gegen die Mittelkonsole geschleudert und zersprang in alle Richtungen. Das Gespräch war unterbrochen, und in der Stille des Moments hallten die Geräusche der letzten Sekunden nach.

Frau Kastrow hörte nur ein kurzes Rauschen. Sie war davon überzeugt, das Steffen in einen Tunnel gefahren war, und sie war erleichtert, dass sie vorher noch hatte erklären können, wie Leid es ihr tat, nicht eher daran gedacht zu haben, ihn anzurufen. Da Steffen am Telefon nichts mehr gesagt hatte, nahm sie an, dass es nicht so tragisch sei. Nun aber legte sie, guter Dinge, das Telefon beiseite. Es war nicht das erste Mal, dass ihr Gespräch abrupt unterbrochen wurde. Mit einem Lächeln im Gesicht ging sie wieder in die feiernde Runde.

Es war der gleiche Moment, in dem Horst und Klaus sich in ihrer Fahrerkabine des Schwertransportes verwundert ansahen.

Das Bürogebäude war in der Zwischenzeit wie leer gefegt. Nur noch einige Reinigungskräfte machten mit ihren Maschinen ihre Runden. Walter und der alte Hans Söhlke kamen aus dem Büro.
„Und ich sage dir, Walter, noch vor Öffnung sind wir beide bei der Bank und erledigen das auf unsere Weise. Ohne die Hilfe und das Dazwischengerede der jungen Wilden."
Mit schwerem, müdem Gang verschwanden die beiden alten Herren im Fahrstuhl, der sich sanft auf seinen Weg nach unten machte. Mit jeder Etage, die er überfuhr, erklang der leise Ton der Glocke und erfüllte für drei bis

vier Sekunden die dunklen Gänge, bis der Ton jeweils gänzlich abgeklungen war.

FÜNF

Vogelgesang erklingt in entfernten Baumwipfeln, Winde wehen, noch immer geht über die Ladentheken der Eisdielen der kalte Schmaus. Menschen betreten Läden, andere schließen Türen hinter sich, wenn sie auf die Straße treten. Die Welt dreht sich weiter. Fast niemand in der Stadt bekommt mit, was in der Nachbarschaft geschieht: Liebesglück, Einkäufe, Unfälle. Alles bleibt praktisch unbemerkt. Am nächsten Tag steht vielleicht etwas in der Zeitung. Auf Seite fünf oder sechs, Lokalteil.

Die kreisenden Bewegungen der Radkappe auf dem glatten Asphalt wurden schneller und enger. Bald darauf blieb sie, von den Passanten unbeachtet, auf der Straße liegen. Steffen war der Einzige, der ihr Beachtung schenkte. Er wunderte sich über das, was er sonst noch sah. Seltsamerweise schoss ihm unentwegt ein Lied durch den Sinn, und er begann zu pfeifen.
Erst allmählich gab der Schleier der Bestürzung den Blick auf die eingetretene Situation frei. Der Schwertransport stand bewegungslos quer auf der Straße. An seinem Heck stiegen sanfte Rauchschwaden in den Himmel. Dieter lag noch immer am Boden und starrte weiterhin auf Steffens

Wagen, der vor Bruchteilen von Sekunden erst an ihm vorbeigeschossen war. Kinder auf der gegenüberliegenden Seite fielen weinend in die Arme ihrer Mütter, die fassungslos auf die Straße starrten. Sie waren alles andere als in der Lage, ihren Kindern tröstenden Beistand zu geben.

Einer der Polizeibeamten stürzte in seinen Wagen und rief über Funk sofortige Hilfe herbei. Der Abgesandte sackte entsetzt zu Boden. Im Schneidersitz hockte er mitten auf der Straße, und ihm kamen die Tränen. Als er bemerkte, wer sich neben ihm niederließ, wandte er sich zu ihm.

„Du hättest nicht telefonieren sollen!"

„Hinterher ist man immer schlauer ...", sagte Steffen und glättete sein wallendes weißes Hemd.

„Hast du auch was bemerkt?", fragte Horst seinen Beifahrer. Noch immer saßen er und Klaus in ihrem Fahrerhaus und starrten ratlos in die Rückspiegel. Sie konnten nichts erkennen, bis die Rauchschwaden Klaus schließlich den Blick frei gaben.

„Du lieber Himmel!", entfuhr es ihm.

Horst drehte sich zu ihm. Auch in seinem Rückspiegel konnte er nichts entdecken. Als er sich aber weiter zu Klaus hinüberneigte, wurde ihm schonungslos klar, was geschehen war.

„Ich muss hier raus!", sagte er und sprang auf die Straße.

„Bleiben Sie alle zurück!", rief der zweite Polizist und lief auf Steffens Wagen zu. Ihm war nicht klar, was er im nächsten Moment in dem Wagen sehen würde. Aber er sah, dass sich der Wagen auf einem der niedrigeren Rohre des schweren Kolosses regelrecht aufgespießt hatte. Drei der Reifen hingen in der Luft, zwei drehten sich noch immer: die Vorderräder, die unermüdlich von dem heulenden Motor um ihre eigene Achse gejagt wurden.

„Was immer ich da sehen werde, wird mir nicht gefallen ...", dachte er. Aber es war sein Beruf. Er musste auf den Wagen zulaufen. Es wurde von ihm verlangt. Der Abgesandte folgte ihm mit seinem Blick. Er beneidete ihn nicht darum, in den Wagen blicken zu müssen.

„Es wird ihm wohl nicht gefallen ...", meinte Steffen.

„Nein, ganz bestimmt nicht", bestätigte der Abgesandte.

„Warum ist er auch Polizist geworden?!"

„Du machst es dir zu einfach, Steffen. Du bist aus der Sache fein raus."

„Wieso bin ich fein raus? Mich hat es doch am schlimmsten erwischt!"

„So? Musst du in den Wagen sehen? Musst du noch deine Familie zusammenhalten oder etwa noch deine Firma retten? Nein! Nichts davon! Die Aufgaben haben jetzt andere", sagte der Abgesandte.

„Ich bin nicht schuld! Ich wurde angerufen!"

Der dicke Mann, der nur seine Schranke im Kopf gehabt hatte, ging langsam in sein kleines Kabuff zurück und setzte sich auf seinen Stuhl. Mit einem ausdauernden Zischen entwich die Luft aus der abgewetzten Sitzfläche.

Der Polizist wurde langsamer. Er wollte nicht unvorbereiteter, als er ohnehin schon war, in den Wagen sehen. Sein Kollege, der noch immer am Funkwagen stand, starrte ihn an. Erst danach hängte er sein Funksprechgerät ruhig und sorgfältig wieder in dessen Halterung.

Mit langsamen Schritten ging sein Kollege nun um Steffens Wagen herum. Bis weit in das Innere des Wagens

130

ragte das große Rohr. Es hatte die Windschutzscheibe auf der Fahrerseite durchschlagen und nahm den Wagen wie einen Kleiderbügel auf den Haken. Steffens Körper saß noch immer gerade auf seinem Sitz. Die Hände sorgsam um das Lenkrad gelegt und angeschnallt. Der Airbag hatte seine schützende Haltung bereits aufgegeben und die Luft aus seinem Inneren entlassen. Der Beamte sah hinein. Betrachtete die Glassplitter auf den Sitzen und die Tasten des Telefons, die auf dem Fußboden lagen. Ohne sich mit seinem Oberkörper in den Wagen zu lehnen, griff er zum Zündschlüssel. Erleichtert stellte der Motor seinen heulenden Betrieb ein.

Er sah die Blumen, die durch den Wagen geschleudert und aus ihrem Strauß gerissen worden waren. Einige lagen vereinzelt auf der Motorhaube. Er sah Steffen, wie er akkurat im Wagen saß. Fast friedlich. Erst zögernd, doch dann immer bestimmter drehte der Beamte sich wieder weg. So sehr wünschte er sich, nicht in den Wagen gesehen zu haben!

Steffen hatte sich nun neben den Beamten begeben. Er beugte sich vor dessen Gesicht und sah ihm in die Augen, als dieser sich vom Wagen abwandte. Er sah, wie der Beamte mit hochrotem Gesicht und Tränen in den Augen in seine eigene Hand biss. Mit zitternden Knien ging er an Steffen vorüber. Er streifte sogar seine Schultern, aber sie bemerkten es beide nicht. Steffen sah ihm kurz nach und blickte dann selbst in den Wagen. Nur langsam begriff er, was er sah. Sich selber noch immer hinter dem Steuer sitzend, genau unter dem in den Wagen ragendem Rohr. Kerzengerade, das Lenkrad in der Hand. Auf der Rückbank entdeckte er sein Haupt.

Seltsam entstellt empfand Steffen den Anblick. Er ging näher heran, um es sich genauer zu betrachten. Aber er bewegte sich nicht, er schwebte. Um seinen Kopf, um das Rohr herum und durch es hindurch. Er roch den Blumenduft und die geschmorten Elektrokabel. Dann sah er zum Abgesandten hinüber.

„Ich hab's dir ja gesagt! Kein schöner Anblick!", rief dessen Seele herüber. Noch immer saß er auf der Straße und starrte auf den Unfall.

„Du hättest es mir ersparen können!", beschwor die Seele des Beamten Steffen. Dann lief sie ihrem Körper nach, um sich wieder mit ihm zu vereinigen.

„Was ist? Was ist denn los?", rief der andere Beamte seinem Kollegen zu.

Nach und nach versammelten sich die anderen Beteiligten am aufgespießten Wagen. Horst und Klaus, auch Heinz kam zu seinen Kollegen. Dieter, der sich langsam wieder aufraffte, wollte auf keinen Fall den Unfall näher betrachten. „Ich will das nicht sehen", sagte er sich immer wieder, „... ich will nicht." Mit dieser Entscheidung blieb er bei seinem Bus stehen und dankte Gott, dass er nicht überfahren worden war.

Steffen erkannte noch immer nicht, was eigentlich mit ihm geschehen war. Er sah sich die Situation genau an, die Passanten, den auf der Straße kauernden Abgesandten und die wild gestikulierenden Polizeibeamten. Dann sah er mal wieder in seinen Wagen, betrachtete sich erneut und blickte dann einfach in den Himmel, schloss kurz die Augen, um nur die frische Luft zu genießen.

Wie befreit fühlte er sich. Obwohl – eigentlich fühlte er gar nichts. Nicht die Last aus der Firma, nicht den privaten Erfolgsdruck, seine Familie zusammenhalten zu müssen. Der Abgesandte hatte Recht. Er spürte nichts, hörte stattdessen die Vögel, die in den Wäldern rund um die Stadt ihre Gute-Nacht-Lieder sangen. Er hörte die Eichhörnchen rascheln und die Hasen im Gras nach Futter stöbern.

Was er hörte, passte so gar nicht zu dem, was er sah, als er wieder seine Augen öffnete.

Nach und nach trafen weitere Streifenwagen ein. Immer mehr Polizeibeamten strömten über die Unfallstelle. Absperrband wurde rund um den Unfallort, um die Bäume gewickelt, und auf diese Weise wurden neugierige Passanten – halbstarke Teenager auf ihren Mountainbikes – hinter die Absperrungen gedrängt.

Einsatzwagen der Feuerwehr trafen ein, und später ein Leichenwagen.

„... mehr kann ich dazu wirklich nicht sagen!", sagte der Schrankenwärter, als er in seinem Kabuff von einem der vielen Beamten befragt wurde. Noch immer war er benommen. Stützte sich mit seinen Händen auf seinen Knien ab.

Steffen hörte der Vernehmung zu.

„So viel ist hier sonst wohl nie los, oder?", fragte Steffen.

„Nein!", sagte des Wärters Seele. „Aber was soll das, Steffen? Ich hab längst Feierabend!"

„Das tut mir Leid. Aber ein wenig Mitgefühl hab ich wohl auch verdient!"

Steffen zog sich zurück. Er beobachtete die Szenerie noch ein wenig aus der Ferne und empfand den Aufwand, den solch ein Unfall verursachte, beachtlich.

Mit schwerem Gerät machten sich die Feuerwehrleute an seinen Wagen heran. Die Türen mussten aufgespreizt werden, um an seine Leiche heranzukommen. Ein Mann im weißen Kittel und armlangen Handschuhen hob Steffens Kopf am Schopf und verstaute ihn in eine Kühlkiste. Keiner der Passanten konnte diese Aktion sehen. Ein Sichtschutz, der rund um den Wagen aufgebaut war, verhinderte es.

Unfallforscher begannen damit, Fotos vom Unfallort zu machen. Andere machten Vermessungen. Horst und seine Kollegen hatten in einem Polizeibus Platz genommen. Der Abgesandte schlich nun einsam über den Unfallort. Die Hände tief in die Hosentaschen vergraben und den Kopf weit gesenkt.

Ein Kranwagen der Feuerwehr begann, Steffens Wagen sachte anzuheben. Nur störrisch gab der Wagen nach.

Thomas schaukelte im Bus über die schlecht geteerten Straßen. Drei Haltestellen noch, bis er zu Hause war. Zehn Minuten, bis er in seine intakte Familie eintauchen konnte. Auch wenn er es auf keinen Fall auch so aussehen lassen wollte. Ein Lied folgte dem vorigen und drang Thomas durch die Kopfhörer in seine Ohren. Seine Nachbarin, eine Mitsiebzigerin mit Hut, erboste sich über die Lautstärke seiner Musik. Thomas bemerkte davon nichts.

Steffen saß ihm nun gegenüber. Was sollte er an seinem Wagen noch warten? Er faltete seine Hände über seinem weißen, wallenden Hemd und beobachtete seinen Sohn mit einem Lächeln auf den Lippen.

„Warum lachst du?", wandte sich Thomas` Seele an ihn.

„Ich lache nicht, ich lächle."

„Das ist das Gleiche!"

„Ist es nicht!"

Thomas selbst hörte weiterhin ungestört Musik. Steffen sah ihn sich weiter an.

„Was ist nun so komisch?", fragte Thomas.

„Du hörst einfach weiter so laut Musik, obwohl die alte Frau es nicht mag."

„Willst du etwa über mich richten?"

„Ich dachte, ich hätte dich besser erzogen."

„Du mich erzogen? Dass ich nicht lache!"

„Ich habe mir sehr viel Mühe gegeben!"

„Abgeschoben hast du mich!"

„Ich habe dich nicht abgeschoben."

„Wie oft warst du bei mir? Nicht ein Mal im letzten halben Jahr! Ganze vier mal in den drei Jahren! Wie willst du mir denn da ein guter Vater gewesen sein? Und wo ist da denn die gute Erziehung passiert? Du warst viel für mich, aber bestimmt kein guter Vater."

„Mach doch die Musik leiser, du siehst doch, wie die Frau sich aufregt", meinte Steffen und deutete auf die Frau, die mittlerweile auch die anderen Mitfahrer auf ihrer Seite hatte. Der ohrenbetäubende Lärm störte auch sie langsam.

„Die Leute werden nichts sagen. Ich hör immer so laut Musik", sagte Thomas. „Was willst du eigentlich hier?"

„Ich wollte dich noch mal sehen", antwortete Steffen.

Nun schaltete sich auch die alte Frau ein.

„Das wäre nicht nötig gewesen, wenn Sie heute für Ihre Familie da gewesen wären und Ihre Frau selbst abgeholt hätten."

„Vielen Dank! Etwas Ähnliches habe ich vorhin schon einmal gehört."

„Dann muss wohl was dran sein ...", meinte eine Stimme aus dem vorderen Bereich des Busses.

„Hör zu, Thomas, ich gebe ja zu, dass ich nicht immer alles richtig gemacht habe. Aber ich weiß, du bist nicht so, wie du dich gerade gibst. Du musst es mir jetzt zeigen, das verstehe ich! Aber vergiss bitte nicht, Mutti braucht dich jetzt! Es ist wichtig."

„Warum ist alles so gekommen?", fragte Thomas.

„Ein glücklicheres Familienleben war uns einfach nicht vergönnt. Mir hätte es anders auch besser gefallen. Aber ich kann es jetzt nicht mehr ändern. Sie zerren an meinem Hemd."

„Vati, werden wir es schaffen?"

„Natürlich werdet ihr es schaffen! Du bist stark, Mutti ist stark. Ihr werdet es meistern. Nur, du musst ihr helfen. Du bist erwachsen genug, auch wenn du erst 15 bist. Du bist erwachsener, als du alle glauben machen willst. Ich weiß das jetzt, ich kann es sehen."

„Lieber hätte ich dich dabei gehabt."

„Ich wäre auch lieber dabei gewesen, glaub mir. Aber ich kann es jetzt eben nicht mehr sein."

Thomas starrte aus dem Fenster des Busses und lauschte seiner Musik. Er beachtete die murrende alte Frau neben ihm nicht, sie war ihm egal. An der nächsten Haltestelle würde er sowieso aussteigen. Was sollte er sich dann noch um diese Frau kümmern? Mit einer gewissen Spannung erlebte er diese Minuten. Seine Mutter war nach drei Jahren wieder zu Hause, und er selbst kam auch erst nach so langer Zeit zurück. Wie würde er das Leben zu Hause empfinden? Würde es die Erwartungen, die er daran stellte, erfüllen können? Oder würde er feststellen, dass es die Art Familienleben, die er sich wünschte, nicht für ihn geben sollte? Er hatte Angst vor der Antwort. Schließlich kannte er sie nicht. Und er hatte zu große Angst davor, eine Enttäuschung zu erleben.

Im Vorüberfahren sah er auf dem Bürgersteig einen alten Klassenkameraden. Einen, mit dem er viel erlebt hatte. Sie hatten Dummheiten gemacht und gemeinsam die Mädchen geärgert. Es war jene Zeit gewesen, als sie die Mädchen noch nicht für sich entdeckt hatten. Es war irgendwie eine schöne Zeit gewesen, aber sie war vorbei. Das wusste er schon beim Anblick seines früheren Freundes. Er hatte langes zotteliges Haar, ein Tuch um sein Handgelenk gewickelt und jene neumodischen Risse in der Jeans. Er war nicht mehr der Junge, den er kannte, und er wollte ihn auch nicht mehr kennen.

Thomas ertappte sich dabei, erstmalig zu glauben, dass es möglicherweise doch nicht falsch von seinem Vater gewesen war, ihn in ein Internat zu geben. Thomas hoffte es. Wenn es nicht so wäre, müsste er seinen Vater den Rest seines Lebens dafür hassen. Und das wollte er nicht.

Obwohl sie mit der festen Absicht in den Abend gegangen waren, nicht ohne Steffen mit dem Feiern zu beginnen, waren Inga und die anderen schon eifrig dabei. Sie waren einfach hineingerutscht. Die Freude hatte sie übermannt, und aus der Freude erwuchs die Feier.

„Ich muss eine Minute an die frische Luft", sagte Doris. „Das war eindeutig zu viel, was ich gegessen habe."

Schwerfällig erhob sie sich von ihrem Platz und stolperte in Richtung Terrassentür. Erleichtert atmete sie tief ein, als sie draußen im Garten stand und die Arme in den Himmel streckte. Ab und zu blickte sie zurück ins Wohnzimmer und beobachtete ihre Schwester. Wie sie mit den Kindern schäkerte, wie sie sich einfach wieder wohl fühlte. Ihre Alkoholsucht war so weit entfernt wie nichts anderes, in diesem Moment. Sie war stolz, dass Inga diesen steinigen Weg durchgehalten hatte.

Es dauerte nicht lange, bis Doris nicht mehr allein ins Haus sah. Bald war Steffen neben ihr aufgetaucht und sah Inga ebenfalls zu. Er und Doris ließen sich Zeit dafür.

„Sie sieht toll aus, nicht war?", meinte Doris' Seele.

„So toll wie nie!", sagte Steffen.

„Du erinnerst dich wohl nicht mehr: Sie sah schon einmal so toll und so glücklich aus."

„So, wann denn?"

„Als du sie geheiratet hast, Steffen."

„Du hast Recht. Da sah sie genauso glücklich aus. Jetzt, da ich mich wieder daran erinnere, kommt es mir vor, als wäre es gestern gewesen", sinnierte Steffen.

Doris drehte sich vom Haus weg, setzte sich auf den Terrassenabsatz und sah in den Garten hinein.

„Es ist so ein wunderbarer Abend", meinte sie.

Steffen sah seiner Frau weiter zu.

„Es ist so traurig, dass dieser Abend nicht so schön zu Ende gehen kann, wie er begonnen hat. Warum musste das geschehen, Steffen?"

„Wenn ich das wüsste, Doris. Ich glaube aber, es sollte so sein."

„Wie kommst du darauf?"

„Es ist seltsam. Ich fühle mich so erleichtert, so befreit." Nun drehte Steffen sich auch um und setzte sich neben Doris. „Vielleicht wäre ich nur im Weg gewesen."

„Ich weiß aber nicht, ob sie es ohne dich schaffen wird", meinte Doris skeptisch.

„Sie ist stark geworden in der letzten Zeit."

„Sicher, aber reicht das?"

„Du hilfst ihr!", Steffen sagte dies mit einer Sicherheit in der Stimme, wie er sie selten in seiner Aussprache hatte.

„Aber du kannst mir glauben! Ich wäre viel lieber bei ihr geblieben."

„Bist du sicher, dass du bei ihr geblieben wärst?", fragte Doris.

„Wie meinst du das?"

„Du hast doch jede freie Minute in deine Firma gesteckt. Deine Karriere ging immer vor. Und immer wenn du sagtest, das wäre das letzte Mal gewesen, kam noch etwas danach, und dann noch etwas und so weiter. Ich bin sicher, wenn du am Leben geblieben wärst, hätte man dich bald zum Direktor der Firma gemacht und du hättest noch weniger Zeit für deine Familie gehabt."

„War ich kein guter Familienvater?"

„Doch, natürlich! Wenn du da warst."

Doris harrte einige Zeit in der Abendluft aus. Ihr Mann brachte ihr eine Zigarette heraus und ging danach wieder zu den anderen hinein. Er spürte, dass sie allein sein wollte. Er hatte die ganze Zeit zu ihr hinausgesehen und beobachtet, wie sie einfach nur dasaß, die Arme um die Knie geschlungen und in den Garten sah. Die anderen bekamen es nicht mit.

„Ich werde mich noch von Inga verabschieden", meinte Steffen.

„Das solltest du wohl", bestätigte Doris. „Gib ihr deine Kraft! Sag ihr, dass sie es ohne dich schaffen wird. Sie muss es von dir wissen, dann gelingt es ihr auch."

„Sie hat euch alle!"

„Aber wir sind nicht ihr Mann."

Nach und nach begriff Steffen, dass er wirklich das letzte Mal bei seiner Frau war. Es fiel ihm nicht leicht, ein letztes Mal mit ihr zu sprechen. Es machte keinen Unterschied, dass sie es nur im Unterbewusstsein mitbekam. Für ihn war es, als würde er leibhaftig mit ihr sprechen, auch wenn es nicht so war. Genauso wenig, wie er wirklich mit Thomas gesprochen hatte, oder mit Doris. Aber es war seine einzige Möglichkeit, seine Familie ein letztes Mal zu sehen. Die einzige Art, die ihm erlaubt worden war. Aber eine Möglichkeit, die er gerne in Anspruch nahm. Er wartete nun darauf, dass es ihn zu seiner Frau bringen würde. Er hatte keinen Einfluss darauf, wann er zu wem kommen würde. Er spürte lediglich, wen er als Nächstes besuchen würde. Und als Nächstes und, wie er wusste, auch als Letztes war Inga an der Reihe. Nach und nach trug es ihn durch die Terrassentür ins Haus hinein. Inga war die Einzige aus der Runde, die ihn im Unterbewusstsein wahrnahm. Mit einem Lächeln sah sie ihm zu, wie er zu ihr herüberkam.

„Wir feiern meine Rückkehr", sagte sie.

„Es ist schön ...", meinte Steffen, „schade, dass ich nicht dabei sein kann. Ich hätte es mir so sehr gewünscht."

„Ich weiß, Steffen. Aber du hast einen anderen Weg zu gehen. Ich muss das hier allein schaffen. Ich werde Thomas eine gute Mutter sein. Ich werde vieles anders machen, als ich es vorher gemacht habe."

„Vor allem wirst du es besser machen."

„Sieh nur, wie wir feiern! Sieh nur, wie ich lache! Ich habe schon lange nicht mehr so gelacht."

„Du warst auch schon lange nicht mehr so glücklich."

„Ich war so jung! Ich konnte es nicht schaffen. Thomas war so schnell da, du warst immer in der Firma. Ich fühlte mich so schwach und habe dann einfach aufgegeben."

„Aber dann hast du dich wieder gefangen", meinte Steffen stolz.

„Ich musste es. Gleich nachdem ich in die Klinik gekommen war, erfuhr ich es. Mir wurde schon damals mitgeteilt, dass dieser Tag kommen würde. Dass du nicht für immer bei uns bleiben würdest. Ich wusste, dass wir uns heute nicht mehr wiedersehen würden. Auch darum habe ich es geschafft. Einer musste doch für Thomas da sein, und du hättest es nicht geschafft. Du hättest nie wieder den Zugang zu deinem Sohn gefunden, und so sollte ich es sein."

„Ich verstehe das nicht! Was meinst du damit?", Steffen sah seine Frau fragend an.

„Es ist doch ganz einfach, Steffen! Du hast dich einfach immer falsch entschieden. Du hast dich in den letzten Jahren nicht einmal richtig entschieden. Als du gemerkt hast, dass ich dem Druck nicht mehr gewachsen war, hättest du dich mehr um uns kümmern müssen und nicht um die Firma. Du hast das Zeichen nicht erkannt. Danach hast du nicht gezögert, Thomas in ein Internat zu geben. Auch das war falsch. Thomas hätte einen Vater gebraucht, der ihm menschlich zur Seite steht in dieser schweren Zeit. Doch du hast es den Pädagogen überlassen, ihn zu erziehen."

„Sie haben ihn gut erzogen! Ich habe ihn im Bus gesehen!", wehrte sich Steffen.

„Darum geht es aber nicht! Du warst nicht für ihn da. Er ist so sensibel und hat noch einen so beschwerlichen Weg vor sich. Er braucht einen Menschen, er ihm nahe steht. Er hat so viel zu bewältigen!"

Langsam dämmerte es Steffen.

„Du ... du hast die Zukunft gesehen! Du weißt, was kommt!"

Inga nickte.

„Aber das ist nicht fair!", sagte Steffen. „Ich habe nicht die Zukunft gesehen! Wie hätte ich wissen sollen, was ich richtig oder falsch gemacht habe? Woran hätte ich erkennen sollen, was ich hätte tun sollen?"

„Ich werde es jetzt nicht aufzählen, Steffen ..."

„Das ... das ... ist ..."

„Du warst nicht dafür geschaffen. Du bist nicht sensibel genug, um Thomas in der Zukunft genügend Kraft zu geben. Sonst hättest auch du die Zeichen erkannt."

„Und wo bleibt meine gute Tat? Was habe ich Gutes getan?"

„Du wirst es erfahren. Wenn es so weit ist."

„Woher weißt du nur alles?"

„Du musst jetzt gehen, Steffen. Ich kann dich nicht länger halten."

„Ich will dich nicht verlassen! Es tut so weh!"

„Es tut nicht weh, Steffen. Erinnere dich: Du spürtest eine Erleichterung, als du gestorben warst. Du fühltest dich gut."

„Aber was bedeutet es nur? Inga – merkst du das?"

„Ja, Steffen ..."

„Es ... es ..."

„Es zieht dich fort, Steffen."

„Sag mir, warum ich so erleichtert war!", flehte Steffen.

Unterdessen wurde der Sog immer stärker. Er konnte sich dem Sog nicht entziehen. Nur einige Antworten wollte er noch haben. Er verstand so vieles nicht. Was bedeutete jenes, und warum geschah etwas anderes?

„Du hast einfach keine Aufgabe mehr. Ich werde nun für Thomas da sein. Für unseren Sohn."

„Ich wollte es auch!"

„Du hättest es aber nicht gekonnt. Du hättest die Harmonie gestört. Zu viel Kraft hättest du in der Firma gelassen und die Familie nur noch mehr damit belastet. Das hätte Thomas geschadet."

„Ich war doch trotz allem immer für ihn da!"

„Er brauchte deine Liebe, Steffen, nicht dein Geld. Du hättest es nicht geschafft. Es wäre nicht genug gewesen."

„Es ist trotzdem unfair."

„Sie lassen Kinder nicht zu Grunde gehen. Darum musst du gehen. Thomas ist zu sensibel."

„Ich liebe ihn!"

„Nicht genug ..." Inga wandte sich ab, während Steffen immer weiter in die Ferne gezogen wurde. „Geh! Ich feiere weiter ..."

„Ich liebe dich, Inga!!"

„Und ich liebe dich ..."

Immer weiter war Dunkelheit über die Unfallstelle hereingebrochen. Mit einem satten Geräusch fiel die Heckklappe des Leichenwagens ins Schloss. Einige Einsatzfahrzeuge hatte den Unfallort längst wieder verlassen. Rettungswagen wurden nicht mehr benötigt, da es nichts zu retten gab. Viele der Passanten waren auch schon zu sich nach Hause gegangen. Nur von einer Hand voll hatten die Polizisten die Aussagen aufgenommen. Schnell hatte sich herausgestellt, dass der Fahrer aus Unachtsamkeit die Kontrolle über sein Fahrzeug verloren und somit die Schuld an diesem Unfall allein zu tragen hatte. Diese Schuld hatte er letztendlich auch sofort und teuer bezahlen müssen. Ein Unfall, der lediglich eine Zahl in der jährlichen Statistik war.

Die ersten Spezialisten machten sich bereits daran, die wertvolle Fracht auf dem Schwertransporter zu begutachten. Sie mussten nicht lange prüfen: Durch den Aufprall war zu viel Schaden entstanden. So mächtig und gigantisch der Koloss auch war, er war so leicht unbrauchbar zu machen. Kaum sichtbare Schäden und doch so verheerend.

Horst und seine Kollegen waren wieder auf dem Weg nach Hause. Der Schwertransport stand auf dem Firmengelände und wartete praktisch nur noch auf seine Demontage. Der Abgesandte hatte mittlerweile seinen Schock überwunden und eingesehen, dass es nicht mehr zu ändern war. Er hatte nun die Aufgabe, den Schaden der Versicherung zu melden, die dann ihrerseits den Schaden noch einmal zu begutachten hatte. Letzten Endes mussten sie ihn doch bezahlen. Ein simpler Unfall war gedeckt, ob es ihnen nun gefiel oder nicht.
Monate würden vergehen, bis ein neues Aggregat gebaut wäre. Millionenzahlungen kamen auf sie zu.

Nachdem er das Scheitern des Transports gemeldet hatte, steckte der Abgesandte sein Handy in die Jackentasche, sah sich seinen Schwertransport noch einmal an und schlenderte dann über den einsamen und spärlich beleuchteten Hof zu seinem Auto.

SECHS

„Frau Kastrow, wo waren Sie denn?", fragte Inga.

„Ich habe nur eben mit Ihrem Mann telefoniert", erwiderte Frau Kastrow. „Er wird sicher bald hier sein."

Frau Kastrow setzte sich wieder in die Runde der Feiernden.

Doris sah auf die Uhr. „Kommt Thomas nicht auch gleich?"

„Er hat wohl den Bus verpasst. Er müsste jeden Moment kommen", sagte Frau Kastrow.

Bei Inga wuchs die Nervosität merklich an. Wie lange hatte sie auf diesen Abend warten müssen! Die Sehnsucht, die sie trieb, ständig in ihrem Nacken. Doch sie fühlte, dass es nun vorbei war. Das Treiben hatte ein Ende.

Tatsächlich stieg Thomas gerade aus dem Bus aus. Er konnte zu seinem Elternhaus hinübersehen. Mit einem lauten Zischen schlossen sich die Drucklufttüren des Busses wieder hinter ihm, nachdem er ausgestiegen war. Weder der Bus noch der Fahrer bemerkten seine Emotionen, geschweige denn andere Fahrgäste. Für sie war es eine ganz normale Fahrt mit dem Bus.

Kurz sah Thomas dem Bus nach, als er abfuhr. Danach reagierte er auf nahezu jedes Geräusch, das aus der Dunkelheit zu ihm drang. Ein Rascheln im Gebüsch, das Bellen eines Hundes, Türengeklapper. Er versuchte herauszufinden, ob ihm diese Geräusche vertraut erschienen, ob noch irgendein Geräusch genauso klang, wie vor seiner Abreise in das Internat. Thomas bemühte sich, doch alles klang seltsam anders. Das Bellen der Hunde klang dunkler, Türen knarrten stärker. Thomas stand an der schlecht beleuchteten Bushaltestelle, links und rechts neben ihm standen seine Taschen, und er erkannte nichts von dem, was er hörte. Etwas enttäuscht aufgrund des Umstandes, nichts Vertrautes zu hören, packte er seine Taschen und ging langsam die Straße hinunter, auf sein Elternhaus zu. Je näher er dem Haus kam, umso mehr setzte es sich von der Dunkelheit ab. Das Licht der Eingangslaterne verdrängte immer mehr Dunkelheit. Mit jedem Schritt, den er ihr näher kam, entdeckte er mehr Insekten, die um das Licht herumschwirrten.

An den Nachbarhäusern, in denen ebenfalls Licht brannte, ging er achtlos vorbei. Ungeachtet dessen, dass er vor Jahren mit den Nachbarskindern in diesen Häusern gespielt hatte. Er fühlte sich fremd. Fremder, als er es erwartet hatte. Was immer ihn erwarten würde, er hatte sich verändert, war jemand anderes geworden. Den kleinen Jungen gab es nicht mehr.

Als Thomas vor der Tür stand, setzte er die Taschen ab und holte mehrere Male tief Luft. Er hörte das Gelächter, das aus dem Innern des Hauses zu ihm nach draußen drang. Er hörte die vertrauten Stimmen seiner Tante, Frau Kastrows und die seiner Mutter. Es war, als hätte er die

Stimmen erst am Vortag das letzte Mal gehört, dabei war es, zumindest bei seiner Mutter, Monate her. Er bemerkte, dass der Wagen seines Vaters nicht vor dem Haus stand, was ein wenig seine Nervosität linderte. Ein letzter Atemzug, und er drückte die Türklingel. Zunächst hörte er ein leises Poltern näher kommen, dann das stürmische Getrampel der Kinder und schließlich die vertrauten Stimmen, bis sie ganz nah an der Tür waren.

Frau Kastrow öffnete die Tür, und Thomas sah in die Runde, die dicht gedrängt an der Tür stand.
„Ich will auch was sehen ...", kämpften die beiden Kinder um den besten Platz.
Thomas sah mitgenommen aus. Ihm stand keine Freude ins Gesicht geschrieben. Eher die Unsicherheit, Verwirrung. Seine Mutter, die inmitten des Pulks von Personen stand, lächelte ihn einladend und liebevoll an. Sofort stach ihm dieses Lächeln mitten in sein Herz. Es tat fast weh, dieses Lächeln. Aber sofort bemerkte er, wie sehr er es vermisst hatte. Er versuchte, das Lächeln zu erwidern, doch wirklich gelingen wollte es ihm nicht.
Die anderen in der Runde bemerkten diese sofortige, unsichtbare Verbindung zwischen Mutter und Sohn nicht. Sie waren von ihrer Wiedersehensfreude geblendet. Langsam schlossen Thomas und seine Mutter sich in die Arme. Das unsichtbare Band zwischen ihnen wurde von Sekunde zu Sekunde stärker. Mit jedem Millimeter, den sie sich näher kamen, wuchsen sie wieder zusammen. Unendliche Sekunden dauerte es, bis sie sich endlich wieder in die Arme geschlossen hatten. Sie beachteten in diesem Moment gar nicht, wie die anderen, ihre Freude zum Ausdruck bringend, auf beider Schultern herumklopften.

„Komm rein, mein Sohn", flüsterte Inga ihrem Sohn ins Ohr.

„Ich nehme die Taschen", sagte Doris' Mann und schob sich an den beiden vorbei.

„Setzen wir uns wieder!", jubelte Frau Kastrow, die sich mit ihrer überdrehten Art langsam bei Doris unbeliebt machte. „Los, Kinder, geht wieder spielen!", rief sie ihren beiden Rackern zu.

Eifrig ging ihr Mann die Treppen hinauf und stellte die Koffer in das Zimmer von Thomas. Alle andern folgten ihm aufgeregt. Thomas und Inga gingen ihnen nur langsam hinterher.

„Die Betten sind frisch bezogen", sagte Frau Kastrow stolz.

„Nun komm' Sie mal wieder runter!", murmelte Doris unverständlich und zog sich aus der Runde zurück. Sie setzte sich in die verwaiste Küche und wartete so lange, bis die anderen nach und nach wieder herunterkamen. Es dauerte zwar lange, ehe sie endlich bemerkten, dass Inga und Thomas gern ein paar Minuten für sich haben wollten, aber schließlich gaben sie dem unübersehbaren Wunsch nach. Als Letzte schloss Frau Kastrow die Tür hinter sich. Thomas begann langsam damit, seine Taschen auszupacken und Inga beäugte ihn dabei.

„Du bist erwachsen geworden", sagte sie.

„Bin ich nicht", erwiderte Thomas trotzig.

„Oh doch ... das bist du."

„Wenn du das sagst ..." Unsicher schichtete Thomas seine Kleidung auf dem Bett hin und her.

„Es tut mir Leid, dass so etwas passieren musste", sagte Inga.

„Es ist vorbei, und außerdem kannst du nichts dafür."

„Ich hätte stärker sein müssen."

„Vielleicht ..."

Thomas begann, seine Kleidung in den Schrank zu räumen. Währenddessen schwiegen sie sich an.
„Möchtest du allein sein?", fragte Inga verständnisvoll.
„Ein paar Minuten?", erwiderte Thomas zaghaft.
„Natürlich ... Ich bin unten bei den anderen." Inga stand vom Bett auf und ging zur Tür.
„Es ist schön, dass wir wieder zusammen sind", meinte sie schließlich.
Thomas sah sie an und deutete ein Lächeln an, das an die Wärme seines kindlichen Lächelns erinnerte.

Als Inga wieder in der Runde war, ging für die anderen die Wiedersehensparty weiter. Weder Doris noch jemand anderes erkannte, dass Inga am liebsten allein sein wollte. Sie feierten so lautstark weiter, wie sie es vor Thomas' Ankunft getan hatten. Sie prosteten sich zu, aßen Schnittchen und bemerkten nicht einmal, dass Inga nur noch lustlos bei ihnen saß.

Thomas stand in seinem Zimmer und hörte die Laute der Feiernden. Es störte ihn. Lieber hätte er nur mit seinen Eltern das Wiedersehen gefeiert. Nun feierten die anderen unten, was er nicht ändern konnte, und er sah sich in seinem Zimmer um. Es war so, wie es er verlassen hatte. Nichts war geändert worden. An einer Schranktür hing sogar noch ein altes Poster aus der Bravo, das schon damals angerissen gewesen war. Ihm erschien das Zimmer seltsam klein. Nicht, dass er im Internat ein größeres Zimmer gehabt hätte, ganz im Gegenteil. Er empfand es auch nicht als räumlich klein. Er empfand es als emotional klein. Vielleicht zu klein, um sich jemals wieder in diesem

Zimmer wohl zu fühlen. Er spürte nun, da er in seinem alten Zimmer stand, dass er wirklich erwachsener geworden war. Er glaubte zwar nicht, dass er schon so erwachsen war, wie es seine Mutter erkannt haben wollte, aber sie schien doch zumindest im Ansatz Recht zu haben. Nur mühsam gelang es ihm, an diesem Abend noch jene Gewissenhaftigkeit an den Tag zu legen, um seine Sachen wieder in die Schränke zu sortieren. So dauerte es auch über eine halbe Stunde, bis seine Taschen völlig geleert vor ihm standen. Da auch dann noch immer das Feiern zu hören war, stand er wiederum etwas rat- und lustlos in seinem Zimmer. Suchte nach einer Beschäftigung, die ihn davon abhalten sollte, doch zu den Feiernden zu gehen. Schließlich machte er sich auf eine Entdeckungsreise durch die vergessenen Inhalte seiner Schubladen.

Inga wurde immer unruhiger in der Runde. Der Abend schritt immer weiter voran, und Steffen war immer noch nicht nach Hause gekommen. Als sie sich die anderen ansah, hatte sie den Eindruck, dass sie es nicht einmal bemerkten, dass Steffen noch nicht zu Hause war. Sie waren viel zu sehr damit beschäftigt zu feiern. Inga konnte dem Anlass der Feier immer weniger abgewinnen. Nach und nach kam es ihr unpassender vor. Etwa eine halbe Stunde wollte sie sich noch geben, bevor sie die anderen bitten wollte zu gehen, auch wenn sie schon längst keine Lust mehr hatte.

Den Kindern ging langsam die Beschäftigung aus, und sie begannen, ihren Eltern auf die Nerven zu gehen. Doris zeigte sich wenig verständnisvoll für ihre Kinder. Ihr gefiel die Feier. Frau Kastrow hatte, wie erwartet, wunderbare Dinge vorbereitet, wie sie selber es nie geschafft hätte. Eine derartige Perfektion hatte sie nie in der Küche erreicht. Sie beneidete sie darum. Auch der Vater zeigte wenig Interesse, sich um seine Kinder zu kümmern. Er war zu sehr mit den Getränken beschäftigt, die schließlich auch verzehrt werden wollten.

„Wir gehen jetzt noch nicht", fauchte er die Kinder an. „Geht wieder spielen oder esst noch was."

Inga sah die Chance erbarmungslos verrinnen, einige ihrer Gäste loszuwerden.

„Vati hat Recht", sagte Doris, „Inga, iss doch auch noch etwas ..."

„Was ...? Wie bitte ...? Ach nein, danke ...", sagte Inga abwesend.

„Na, mir schmeckt's ...", schmatzte Doris.

„Nicht war ...?!", sagte Frau Kastrow nicht ganz ohne Stolz.

Mit einiger Verzweiflung sah Inga sich die vorbereiteten Lebensmittel an. Mit einer schon fast penetranten Hartnäckigkeit verweigerten sie sich dem Zuneigegehen. Absolut alles verweigerte sich der Beendigung der Feier. Zudem wurde Inga im Laufe der Zeit doch ungeduldig. Es wunderte sie sehr, dass ihr Mann noch immer nicht zu Hause war.

„Und mein Mann hat gesagt, er würde gleich kommen?", fragte sie.

„Gesagt hat er eigentlich gar nichts", erwiderte Frau Kastrow. „Ehe ich genau nachfragen konnte, riss die Verbindung ab."

„Ich ruf' ihn noch einmal an!", sagte Inga nervös. „Hat mal jemand seine Handynummer? Ich weiß sie nicht auswendig."

„In meiner Handtasche ...", sagte Doris.

Die Nervosität verhinderte, dass Inga in der Handtasche fündig wurde. Mit jeder weiteren Sekunde, die das Suchen länger dauerte, wuchs ihre Ungeduld.

„Ich kann hier beim besten Willen nichts finden!"

„Sie muss da drin sein ..."

„Dann such du sie! Ich kann sie nicht finden."

Plötzlich huschte ein Lichtstrahl über das Grundstück.

„Da", rief Frau Kastrow, „da ist er schon. Ich hab das Licht eben gesehen."

Mit einiger Erleichterung wandte Inga sich von der Tasche ab und blickte erwartungsvoll zur Tür. Gleich würde sie ihren Mann in die Arme schließen können, und das Familienleben könnte endlich von vorn beginnen. Wie lange hatte sie darauf gewartet! Sie stand dicht genug an der Haustür, um die Autotüren zuklappen zu hören. Es dauerte auch nicht lange, bis die Schritte, die auf das Haus zukamen, die Musik im Haus in den Hintergrund treten ließen. Als es dann aber klingelte, erschrak Inga trotzdem. Steffen hatte einen Schlüssel, warum sollte er also klingeln? Nach kurzem Zögern öffnete sie dann die Tür.

Obwohl das Licht durch die Tür nach draußen schien, konnte Inga zunächst nicht erkennen, wer vor ihrer Tür stand. Sie konnte lediglich die Umrisse zweier Personen erkennen. Erst als sie dann die Form einer Uniformsmütze auf den Köpfen erkannte, zeichneten sich schließlich die Gesichter der beiden Personen ab. Sie erkannte keinen der beiden, und bevor sie fragen konnte, wurde sie selbst nach ihrem Namen gefragt.

„Sind Sie Frau Inga Claasen?"

„Ja ...", erwiderte sie und schluckte. Sie hatte sich nicht mit kräftiger Stimme gemeldet, eher mit zögerlichem

Stammeln, als hoffte sie, dass sie nicht nach ihrem Namen gefragt worden wäre und sie nicht wirklich vor den beiden Personen stand. Längst hatte sie erkannt, dass sie zwei Polizeibeamte vor sich hatte. Was nach dieser Frage folgen sollte, konnte sie sich ausmalen, ob sie es nun wollte oder nicht. Sie hasste diese Situation schon nach dieser ersten Frage, die sie Böses ahnen ließ. Die anderen kamen nun auch langsam aus dem Inneren des Hauses zur Tür und bauten sich kurz hinter Inga auf.

„Frau Claasen ...", begann einer der Beamten sehr behutsam.

„Kommen Sie doch rein ...", sagte Doris mit belegter Stimme. Sie wollte nicht unhöflich erscheinen, auch wenn sie den weiteren Ausführungen der beiden Beamten nicht weiter folgen wollte.

Die beiden Beamten nahmen das Angebot an und schritten mit der gleichen Behutsamkeit in den Flur, wie sie zuvor begonnen hatten zu sprechen. Inga hörte schon nicht mehr zu, als die beiden Beamten sich nach jedem zweiten Satz abwechselten und ihr Anliegen mit gleich bleibend gefühlvoller Stimme vortrugen. Inga hörte die Worte nicht, sie starrte lediglich auf die Lippen desjenigen Beamten, der gerade sprach. Frau Kastrow schlug sich die Hände vor den Mund, und Doris und ihr Mann wichen einige Schritte zurück, als die Ausführungen der Beamten mit aller Macht und Brutalität in den Raum drangen.

Doris fasste sich als Erste wieder, ging sofort zu Inga und umfasste von hinten ihre Schultern.

„Fass mich nicht an!", sagte Inga und starrte weiterhin auf die beiden Beamten, die nach ihren Schilderungen auch noch ihr Beileid ausgesprochen hatten.

Schließlich verneinten die Beamten auch noch die Frage, ob die Möglichkeit bestünde, den Leichnam zu sehen.

153

„Nicht mal ein Abschied ist möglich ...", sagte Inga fassungslos.

Mit ihrem unbeabsichtigten durchdringenden Blick verursachte Inga bei den beiden Beamten eine immer stärker werdende Nervosität. Es war sicher nicht die erste Todesnachricht, die sie zu überbringen hatten. Allerdings die weitaus meisten reagierten mit Hysterie oder schmerzvoller Trauer. Inga dagegen durchdrang sie lediglich mit ihrem Blick. Dabei sah sie die Beamten in diesem Moment nicht einmal. Sie sah eine Jahre zurückliegende Szene, in der Steffen seinem kleinen Sohn auf einer Schaukel, die an einem Baum hing, immer größeren Schwung gab, bis Thomas vor Angst anfing zu weinen. Sofort stoppte Steffen den Schwung und nahm Thomas in seine Arme, in die der sich dann Schutz suchend vergrub. Zu dem Zeitpunkt musste Thomas vier Jahre alt gewesen sein. Dann sah sie sich und Steffen in einem Restaurant sitzen, bei Kerzenschein. Jene Situation, bei der Steffen sie bat, ihn zu heiraten. Eine Szene, die fast komisch war, warteten die Bediensteten des Restaurants doch seit fast zwei Stunden darauf, dass ihre letzten Gäste, Inga und Steffen, endlich gehen würden. Und sie taten es doch erst, nachdem Inga der Heirat zugestimmt hatte. Inga sah dann noch ihren ersten Streit mit Steffen, bei dem ein altes Erbstück aus ihrer Familie zu Bruch gegangen war. Ein kleiner zarter Porzellanengel gab einem starkem Luftstoß nach, der auf ein geöffnetes Fenster zu stürmte, nachdem Steffen die Haustür aufgerissen hatte. Woraufhin Inga und Steffen den ganzen Abend Arm in Arm auf dem Boden hockten und diesen zerbrochenen Engel anstarrten. Inga sah noch so einige Szenen. Szenen aus ihren schönen Zeiten, von denen sie reichlich hatten. Sie sah aber nur rein private Szenen.

Keine jener Szenen aus der Zeit, in der sie sich als guter Geist an seiner Seite gab, der ihn in allen Belangen der Firma unterstützte. Diese Momente waren aus ihrem Gedächtnis verschwunden.

Nach kurzer Zeit begannen die Beamten wieder, sehr behutsam auf Inga einzureden. Nun ließ Inga sich auch endlich von ihrer Schwester stützen. Sanft drückte Doris sie in die Richtung des Sofas, auf dem Inga sich dann doch, wenn auch widerwillig, setzte. Frau Kastrow konnte die Situation nicht länger ertragen. Sie riss ihre Jacke von der Garderobe und stürmte aus dem Haus. Kaum jemand bemerkte es. Alle waren mit Inga beschäftigt. Eine einzelne Träne rann über Ingas Wange, während alle anderen sie anstarrten. Nur Thomas sah von seinem Fenster aus, wie Frau Kastrow davonrannte. An dem parkendem Polizeiwagen vorbei, auf die Straße.

So sehr der Anblick eines vor dem Haus stehenden Polizeiwagens das Gefühl der Beruhigung und Sicherheit auslösen konnte, in diesem Moment strahlte er nichts anderes aus als bedrohliche Trauer und Tod. Thomas sah es, und er hörte seine Mutter im Wohnzimmer, wie sie leise und zaghaft zu schluchzen begann. Er hörte seine Tante Doris, wie sie tröstend auf seine Mutter einredete, und das Gemurmel der Beamten, wie sie die Fragen nach dem Hergang des Unfalls schilderten, soweit sie es konnten.
Inga und Doris saßen zusammengekauert auf dem Sofa, und Doris' Mann begleitete die Beamten wieder zur Tür. Erneut sprachen sie ihr Beileid aus und gingen dann mit betretenen Mienen wieder zu ihrem Wagen.

„Soll ich es Thomas sagen?", fragte Doris' Mann, nachdem er die Tür wieder geschlossen hatte.

„Nein!", sagte Inga fast unverständlich, aber bestimmt. „Ich werde das tun."

Doris sah ihren Mann fragend an. Sie hatte keine Ahnung, was sie tun sollte, und erhoffte sich eine Antwort von ihm. Doch Inga kam ihm zuvor. Sie wischte sich mit den Unterarmen die Tränen aus dem Gesicht und holte tief Luft.

„Ich wäre euch dankbar, wenn ihr jetzt gehen würdet. Ich möchte allein mit Thomas sein."

„Bist du dir sicher?", fragte Doris und versuchte, sich nicht ihre Erleichterung über Ingas Entscheidung anmerken zu lassen.

„Ja, ich bin mir sicher. Ich will es ihm sagen, aber allein. Wir schaffen das schon."

„Also gut", sagte Doris. „Aber bitte ruf mich an, wenn du mich brauchst."

„Ja, sicher ..."

Doris' Mann ging zu den Kindern, die sich in eine Ecke des Zimmers verkrochen hatten und die Erwachsenen mit ahnungslosen, aber verängstigten Augen ansahen, während sie auf ihren Fingern herumkauten.

„Ich komme morgen früh wieder vorbei", sagte Doris.

„Ja, gut ..." meinte Inga und zog noch einmal sehr kräftig den Schnodder die Nase hoch.

Arm in Arm ging Doris mit ihrem Mann und den Kindern aus dem Haus. Ein letztes Mal sah sie zu ihrer Schwester hinüber, die nicht reagierte, bevor sie hinter sich die Haustür schloss.

„Was ist mit Onkel Steffen?", fragten die Kinder ahnungslos.

Diese Frage nahm Doris zum Anlass, um endlich ihre Stärke, die sie nur noch für ihre Schwester aufrechterhalten hatte, aufzugeben. Mit hemmungslosem Weinen lief sie auf ihren Wagen zu. Erbarmungslos schossen ihr die Tränen aus den Augen und versagten ihr einen klaren Blick. So erkannte sie ihren Wagen nur verschwommen, als sie mit ihren Beinen dagegenschlug.

Thomas stand noch immer an seinem Fenster und sah auch diese Szene. Längst wusste er, was geschehen war. Er konnte es nur noch nicht realisieren. Er dachte noch immer, es wäre ein böser Traum, der am nächsten Morgen vorbei sein würde. Er hatte also noch Zeit. Es war schließlich noch dunkel, die Nacht war noch jung.

Inga saß auf dem Sofa, ihren Kopf auf ihre Hände gestützt, und dachte nach. Ein paar Minuten brauchte sie noch, um sich endgültig wieder zu fangen. Sie saß allein in dem hell erleuchteten Raum. Die Partybeleuchtung brannte noch immer. Nur die Musik spielte nicht mehr. Es war buchstäblich die Totenstille in dieses Haus eingekehrt. Die Hälfte der Hackbällchen lagen noch auf den Tellern, vereinzelte Kuchenstücke. Mayonnaise begann, am Schüsselrand anzutrocknen.

Ein paar Mal wollte Inga noch Luft holen. Die Kraft in ihre Knie zurückkehren spüren, um nicht zu riskieren, auf dem halben Weg nach oben, zu ihrem Sohn, auf der Treppe wieder zusammenzusacken. Ein, zwei Minuten. Mehr brauchte sie nicht mehr.

Als sie aufstand, spürte sie doch noch, wie weich ihre Knie waren. Doch sie fühlte sich stark genug, um zu ihrem Sohn zu gehen.

Thomas wartete schon. Seine Verwirrung erlaubte es ihm nicht, nach unten zu seiner Mutter zu gehen, und so wartete er. Die wenigen Minuten, die seine Mutter brauchte, um wieder ihre Kräfte zu sammeln, kamen ihm wie Stunden vor. Wenn nicht gar wie Tage, nur dass es nicht abwechselnd hell und dunkel wurde.

Schwerfällig ging Inga die Treppe hinauf, an deren Ende Thomas schon auf sie wartete. Als sie schließlich oben angekommen war, sah sie Thomas an. Nur flüchtig trafen sich in den ersten Sekunden ihre Blicke. Bis sie sich immer häufiger und länger ansahen und sich schließlich pausenlos fixierten. Einige Minuten sahen sie sich nur an. Es gab in diesem Moment auch nichts zu sagen. Sie wussten beide, wie sehr sie der Verlust schmerzte, also brauchten sie nicht auch noch darüber zu sprechen. Es war aber nicht nur der Schmerz, der sie so regungslos stehen ließ. Inga war auch unsicher. Was würde ein Teenager, wie es Thomas inzwischen geworden war, von seiner Mutter erwarten? Wartete er noch immer darauf, tröstend von ihr in die Arme genommen zu werden, oder war er dazu schon zu alt geworden? So stand sie vor ihrem Sohn, der ihr seltsam fremd erschien. Dann wurde ihr mütterlicher Instinkt doch stärker, und sie ging weiter auf Thomas zu. So weit, bis er ihr weinend in die Arme sank. Sie machte die typischen mütterlichen Geräusche, streichelte ihm über die Haare und drückte ihn an sich.

„Wir müssen da durch. Wir müssen stark sein", flüsterte sie.

Thomas sagte nichts. Er lauschte lediglich den Atemgeräuschen seiner Mutter. Er konnte hören, wie schwer es ihr viel, nicht zu weinen. Ihm selber ging es nicht so. Er konnte momentan keinen Unterschied in seinen Gefühlen feststellen. Er hatte seinen Vater die letzten Monate ohnehin kaum gesehen. Was machte es da schon für einen Unterschied? Vielleicht würde er es in ein paar Tagen oder Wochen anders sehen, aber zur Zeit schockte es ihn nicht. Die Tatsache, dass er nicht wusste, was er fühlte, machte es ihm unmöglich, herauszufinden, warum er nicht aufhören konnte zu weinen. Er weinte, ohne wirklichen Schmerz zu fühlen.

Tief in der Nacht noch saß Horst Wendenberg auf seiner Fernsehcouch und starrte auf den Bildschirm.
Die Polizei hatte ihn zu dem Unfall befragt, und er hatte relativ schnell nach Hause gehen können. Als Fahrer des Schwertransportes war er am längsten befragt worden, und so war er in einer der letzten Bahnen nach Hause gefahren und hatte unter sich den ruhigen Verkehr die Bahnbrücke unterqueren gesehen. Seine Frau hatte an diesem Abend einen ihrer vielen Termine, und so war er in eine verlassene Wohnung getreten. Er hatte sich vor sein Fernsehgerät gesetzt, sich vorher mit zwei, drei Bierdosen aus dem Kühlschrank versorgt und ließ nun die Zeit an sich vorüberziehen. Vor ihm flimmerten die Wiederholungen vom Tage, doch er beachtete sie nicht einmal. Erst seine Frau riss ihn aus seinen Gedanken, als sie hereinkam und ihm einen Kuss auf die Wange drückte. „Hallo, mein Schatz", sagte sie und stürmte gleich danach in die Küche. „Hast du schon was gegessen?" Sie sah in den Kühlschrank und stellte fest, dass er lediglich die Bierdosen herausgenommen hatte. Das vorbereitete Essen

stand noch unberührt auf der zweiten Ablage von oben. "Wohl keinen Hunger gehabt, wie?"

Horst reagierte nicht, was seine Frau nicht weiter beachtete. Sie murmelte weiter in der Küche vor sich hin: „Na ja, ist schon spät. Ich auch nicht", und ließ die Kühlschranktür wieder zufallen.

„Du kuckst aber noch spät fern."

„Ich hatte noch Lust dazu."

„Na ja ..."

Als seine Frau schon fast im Schlafzimmer verschwunden war, sagte Horst doch noch etwas.

„Kennst du einen Steffen Claasen?"

Seine Frau überlegte. „Wen? Nein, nie gehört. Wer ist das?"

„Soll irgend so ein hohes Tier in einer Firma gewesen sein", meinte er.

„Kennst du den etwa?", fragte seine Frau.

Horst zögerte, entschloss sich dann aber doch, auf die Frage abschließend zu antworten und das Gespräch nicht weiter zu vertiefen. „Nein, eigentlich nicht."

Horst hoffte inständig, dass der Unfall nicht zu viel Beachtung in der Presse finden würde. Er entschloss sich, die Sache für sich zu behalten. Er nippte noch einmal an seinem Bier, bemerkte, dass es ihm nicht mehr schmeckte, stellte es auf seinen Tisch und griff nach der Fernbedienung. Ein flüchtiger Blick auf den Fernseher – der erste bewusste an diesem Abend – versicherte ihm, dass nichts Gescheites im Programm war. Er schaltete den Apparat aus und folgte seiner Frau schläfrig ins Schlafzimmer.

Ein paar Stunden später, etwa zur Zeit des Sonnenaufganges, saßen Inga und Thomas auf der obersten Stufe der Treppe und sahen zu, wie sich die ersten Sonnenstrahlen ihren Weg durch die Fenster neben der Eingangstür ins Hausinnere bahnten.

„Ich möchte zu Bett gehen", unterbrach Thomas die stundenlange Stille.

„Ja ... mach das. Ich werde mich auch noch hinlegen", sagte Inga.

Thomas stand auf, und wenig später waren beide in ihren Zimmern verschwunden. Thomas in seinem, ihm fremd gewordenen, Kinderzimmer und Inga im, von Einsamkeit überfluteten, ehelichen Schlafzimmer. Sie war zu diesem Zeitpunkt aber doch zu müde, um die Einsamkeit zu bemerken. Sie entledigte sich ihrer Sachen und fiel unter die Bettdecke.

Den Rest ihres Aufganges musste die Sonne unbeachtet von Inga und Thomas erledigen.

Keiner der am Vorabend Beteiligten war in diesen frühen Morgenstunden wach. Alle schliefen. Horst, die Polizeibeamten, der dickliche Schrankenwärter. Nur die alten Herren, Walter Hansen und Hans Söhlke, schickten sich an, diesen Tag zu jener unsäglich frühen Stunde zu beginnen.

SIEBEN

Walter hatte sich die ganze Nacht nervös in seinem Bett umhergewälzt. Selbst seine Frau, die sonst mit einem tiefen, festen Schlaf gesegnet war, hatte seine Unruhe gespürt und war ununterbrochen in der Nacht aufgewacht. Sie war erleichtert, als sie feststellte, dass die Sonne endlich aufging: Hatte die Tortur dieser Nacht endlich ein Ende!

Walter saß auf der Bettkante und scharrte mit seinen Zehen auf dem Teppich. Früher hatte er das oft getan. Immer wenn wichtige Entscheidungen in der Firma anstanden. In den letzten Jahren wurden die wichtigen Entscheidungen weniger, und so scharrte er auch nicht mehr so oft mit seinen Zehen auf dem Boden. Nicht, dass er es bewusst tat. Ganz im Gegenteil.

Die Sonne lugte durch das Fenster weit in das Schlafzimmer der Hansens hinein. Walter wandte sich zu seiner Frau, doch die hatte sich erleichtert wieder auf die andere Seite gedreht und war wieder in den Schlaf gefallen. Diesen Frieden, den sie in diesem Moment genoss. Walter beneidete seine Frau darum. Wie sehr freute er sich darauf, auch bald diesen Frieden zu haben.

Spätestens dann, wenn er die Geschicke seiner Firma ganz in die Hände von Steffen gelegt haben würde. Lange würde es nicht mehr dauern, dachte er sich.

Walter schlüpfte in seinen Morgenmantel und machte sich auf den Weg ins Bad. Der große Spiegel im Bad hatte kein Erbarmen mit Walter. Unbarmherzig zeigte er das Alter, das Walter im Gesicht stand. Das Aufbäumen wurde für Walter von Morgen zu Morgen schwerer. Mit jedem Tag, den er älter wurde, verließ ihn mehr und mehr der Elan, die Geschäfte zu meistern.

Mit zittriger Hand zog Walter das Rasiermesser über sein faltiges Gesicht. Nur ein einziges Mal passte er nicht auf. Ein kleiner Schnitzer. Nur die Andeutung eines Bluttropfens, der an seinem Kinn austrat. Nichts, was ihn beunruhigte. Mit etwas lauwarmem Wasser war alles wieder vergessen. Bald danach war der Morgenmantel wieder im Schrank verschwunden und Walter in einen seiner maßgeschneiderten Anzüge gestiegen. Aus der Küche im Erdgeschoss drang frischer Kaffeeduft in das Übrige des Hauses. Die Haushälterin hatte bereits das Frühstück bereitet. Mit langsamen Schritten kam Walter die breite Treppe hinunter, einen Schritt nach dem anderen, und mühsam stützte er sich auf das Treppengeländer.

Wenig später stand er neben der großen Anrichte in der Küche und trank, ohne ein Wort zu sagen, seinen Kaffee. Für seine Haushälterin war dies nichts Neues. Er hatte noch nie viel gesprochen. An keinem der vergangenen Vormittage, an denen er seinen Kaffee in der Küche trank und nicht gemeinsam mit seiner Frau im Kaffeezimmer.

Etwas später warf er sich seinen Mantel über und machte sich auf den Weg zu seinem Wagen, der in der Garage stand, in der bequem ein Einfamilienhaus Platz gefunden hätte. So allein, fast einsam, wie er in diesem Moment über seinen Hof ging, so einsam und allein fühlte er sich in diesem Moment auch. Selten gab es Tage in seinem geschäftlichen Leben, an denen mehr oder genauso viel auf dem Spiel stand, wie an diesem Tage. Seine Firma stand für ihn auf dem Spiel. So sehr wie niemals zuvor. Immer hatte er seine Firma allein um alle Klippen geschifft. Auch diesmal wollte er es ein letztes Mal schaffen. Als alter, müder Mann.

Auch sein Verbündeter in diesen Tagen machte sich an diesem frühen Morgen auf den Weg. Der greise Hans Söhlke begab sich in seine letzte große Schlacht. Nur mühsam hatte er diesen Morgen dem Tod abringen können. Nur mit seiner ganzen Leidenschaft und einer halben Flasche Sauerstoff zusätzlich stemmte er sich aus seinem Schlaf.

Mit weniger Gelassenheit als üblich stürmte Herr Meerdong in das Söhlke-Haus. Beunruhigt warf er in der Küche einen Blick auf den pechschwarzen Kaffee, der für Herrn Söhlke bereitet wurde.
„Er lernt einfach nicht dazu", murmelte er.
„Herr Söhlke hat heute Morgen einen besonders starken Kaffee verlangt", sagte die Küchendame.
Mit der gleichen Aufgelöstheit, mit der er in die Küche gestürmt war, stürmte er nun auch auf Herrn Söhlke zu.
„Was bezwecken Sie mit dieser frühen Arbeitsattacke?", fragte Herr Meerdong.

„Ich habe Sie nicht gebeten zu kommen", entgegnete Herr Söhlke.

„Ich komme jeden Morgen."

„Aber nicht so früh!"

„Ich hatte so ein Gefühl. Und wenn ich Sie mir so ansehe, dann lag ich offenbar richtig. Wollen Sie mich jetzt etwa arbeitslos machen und wieder alles selbst übernehmen?"

„Seien Sie nicht albern, Meerdong. Dieses eine Mal werden Sie verschmerzen können."

„Aber den Kaffee da unten trinken Sie nicht!"

„Wetten Sie lieber nicht, Meerdong." Herr Söhlke warf einen letzten Blick in den Spiegel und beurteilte seine Kleidung als angemessen.

„Schließen Sie die Tür", sagte Herr Söhlke und ging an Meerdong vorbei in Richtung Küche. Mit jedem Meter, den er dem duftenden Kaffee näher kam, spürte er, wie in ihm noch einmal der alte Kampfgeist erwachte. Er fühlte sich noch einmal ein paar Jahre zurückversetzt, als jeder Morgen mit einem starken Kaffee begonnen hatte und er danach für so manche Tagesüberraschung gut gewesen war. Doch irgendwann war es vorbei gewesen, und die Ärzte hatten ihm jeglichen Kaffeegenuss verboten. An diesem Morgen aber hätten sie ihn nicht aufhalten können. Auch Meerdong konnte das nicht. Er konnte nur für eine mögliche brenzlige Situation vorsorgen und eine Sauerstoffflasche mitnehmen.

„Meerdong, Sie übertreiben!" sagte Herr Söhlke, als er ihn mit der Sauerstoffflasche unter dem Arm sah. „Nun gut. Dann geben Sie mir meinen Stock, und nehmen Sie meinen Koffer. Es wird Zeit, dass wir loskommen."

„Ganz wie Sie wollen, Herr Söhlke." Meerdong gab sich keinerlei Mühe, sein Missfallen in der Stimme zu

165

dämpfen, das er über diese überaus unvernünftige und vor allem ungesunde Aktivität hegte.

„Hauptsache, Sie wissen, was Sie tun."

„Keine Angst, Meerdong ..."

Walter saß in seiner Limousine und wartete. Er war schon einige Minuten früher an seinem Ziel angekommen, als er es geplant hatte. So wartete er und lauschte dem Rauschen der vorbeifahrenden Autos.

Viel weiter war der Morgen noch nicht vorangeschritten. Es war nach wie vor weit vor Geschäftsbeginn, aber ein solch frühes Zusammentreffen war durchaus beabsichtigt.

Meerdong hatte die Sauerstoffflasche, die er mitgenommen hatte, neben sich auf den Beifahrersitz gelegt. Immer wieder sah er unruhig in den Rückspiegel und beobachtete Herrn Söhlke beim Lesen der Wirtschaftszeitung.

„Sehen Sie nach vorn, Meerdong!" Herr Söhlke konnte zwar nicht sehen, dass Herr Meerdong immer wieder in der Rückspiegel sah, er konnte sich das aber vorstellen. Meerdong hatte das schon immer getan. Früher allerdings hatte Herr Söhlke dies erkennen können. Heute hatte er große Mühe, die Buchstaben der Zeitung zu entziffern.

Einige Minuten später trafen auch sie am vereinbarten Treffpunkt ein. Mit einiger Dynamik hielt Meerdong hinter dem Wagen von Walter.

„Sie bleiben hier, Meerdong. Ich brauche Sie hierfür nicht."

„Sie sollten aber wirklich keine geschäftlichen Transaktionen mehr durchführen, Sie wissen selbst am besten, dass Sie hierfür nicht mehr aufmerksam genug sind. Dafür haben Sie mich eingestellt."

„Richtig, Meerdong. Doch dies hier hat nicht sehr viel mit den Geschäften zu tun, die Sie meinen. Es bleibt dabei. Hierfür brauche ich Sie nicht."

Mühsam schob Herr Söhlke sich aus dem Wagen, nachdem er die schwere Wagentür weit aufgesperrt hatte. Als er dann schließlich stand, sich am Wagen abstützte, um nicht das Gleichgewicht zu verlieren, holte er einige Male tief Luft. Es war ihm klar, dass dies eine seiner letzten Aktivitäten war.

Auch Walter stieg nun aus. Nach einer kurzen Begrüßung, die sie zwischen den beiden Wagen auf der Straße abhielten, gingen sie auf eines der großen Geschäftsgebäude zu, die in dieser Straße wie Perlen auf einer Kette aufgereiht waren. Die große verspiegelte Schwingtür beruhigte sich erst viel später, als Herr Söhlke und Walter schon längst in dem Gebäude verschwunden waren.

Beide steuerten in jenem Gebäude ihrem Erfolg zu, in dem am Vortag Steffen noch auf taube Ohren getroffen und kläglich mit seiner Bemühung gescheitert war. Jenes Gebäude, das die Hausbank des Unternehmens beherbergte und in dem er mit dem derzeitigen Direktor der Bank gesprochen hatte. Walter und Herr Söhlke hatten dagegen ein ganz anderes Ziel. Sie ließen sich vom Fahrstuhlführer bis in das Penthouse begleiten, wo die Privaträume des Bankgründers untergebracht waren. Des Mannes, der vor einer halben Ewigkeit ihrer beider Weggefährte gewesen war.

„Seid ihr zwei etwa auch noch nicht verrottet?", sagte Heinrich Semirames zur Begrüßung zu seinen beiden ehemaligen Weggefährten.

„Es geht uns da genauso wie dir, du alter Gauner", erwiderte Hans Söhlke, und Walter nickte.

„Es ist doch wirklich nicht mehr auszuhalten. Jeden Morgen wacht man auf, bemerkt, dass man wieder ein Stück weiter verfault ist, aber der Tod will einfach nicht kommen", fuhr Heinrich fort.

„Du hörst dich ja schlimmer an als ich. Und ich dachte, ich wäre furchtbar ...", Hans zeigte sich überrascht.

„Ach ...", Heinrich winkte ab. „Setzt euch endlich hin! Ich kann nicht mehr so lange stehen. Ich will es hinter mich bringen, damit ich endlich zur Gymnastik komme."

Die drei alten Herren setzten sich. Der Morgen hatte noch gar nicht richtig begonnen, aber diese drei alten Männer liefen noch einmal richtig zu Hochform auf. Mit ihren faltigen, zittrigen Händen holten sie ihre Unterlagen aus ihren Aktentaschen und breiteten sie vor sich auf dem Tisch aus. Sorgfältig führten sie jedes dieser Blätter vor ihre dicken Brillengläser, damit ihnen auch wirklich kein Absatz verborgen blieb.

Langsam verstrich die Zeit. Viel gab es nicht zu diskutieren, schließlich waren sie sich im Prinzip einig. Hans Söhlke hatte am Vorabend schon mit einem Anruf bei Heinrich Semirames die meisten Dinge besprochen. Sie mussten nur noch einige Feinheiten besprechen und brauchten darüber hinaus aber auch die Zeit, da ihre senilen Augen einfach nicht mehr so schnell über das Papier kamen.

Am Ende hatten es die drei alten Herren den Jungen noch einmal gezeigt. Über alle modernen Regeln des Geschäftslebens hatten sie sich hinweggesetzt. Ganz so wie in alten Zeiten. Ihr Wort war ihnen mehr wert, als ihre Unterschrift unter den Verträgen. Sie taten es der alten Zeiten wegen. Walters Lebenswerk hing davon ab, dass sie sich einig wurden. Das wussten sie. So einigten sie sich, dass Walter die Anteile von Hans Söhlke zurückkaufen sollte, was er auch wollte. Und Heinrich Semirames sprang als Bürge ein, damit Walter das benötigte Kapital von der Bank bekam.

Die Troika aus alten Männern machte sich auf den Weg durch das Gebäude, zu den Räumen der Bank. An den Schaltern vorbei gingen sie in die Kreditabteilung. Herr Soderbaum, der Direktor der Bank, staunte ungläubig darüber, dass sein Vorbild, der Patriarch der Bank, Heinrich Semirames, einfach so, ohne Verträge, die Bürgschaft für einen Betrag in Höhe von mehreren Hundertmillionen Mark übernahm. Doch wagte er keinen Widerspruch, als der Sachbearbeiter ihn ratlos ansah, während die drei an seinem Schreibtisch standen.
„Sie müssen noch viel lernen, Soderbaum", sagte Heinrich Semirames, als er an ihm vorüberging.
Mit stolzgeschwellter Brust gingen die drei alten Herren wieder aus der Bank heraus. Ein letztes Mal hatten sie es geschafft: Die Übernahme einer Traditionsfirma durch die Katzler-Zwillinge war verhindert worden. Hans und Heinrich hatten ein gutes Werk getan, und Walter hatte sein Lebenswerk gerettet. So verließen sie die Bank, und Herr Soderbaum und die anderen Angestellten der Bank sahen ihnen verblüfft, aber auch bewundernd nach.

Es sollte das letzte Mal gewesen sein, dass sich die drei Herren sahen. Hans Söhlke hatte es gerade noch geschafft, die meisten seiner Vermögenswerte vor dem Zugriff seiner raffgierigen Verwandtschaft in Sicherheit zu bringen. Etwa drei Monate später hatte der Tod ein Einsehen mit ihm: Eines Morgens wachte er aus seinem verdienten Schlaf nicht mehr auf. Die Sauerstoffflaschen waren überflüssig geworden.

Heinrich Semirames zeigte sich nach diesem Morgen nicht mehr in der Öffentlichkeit. In dem Gebäude breitete sich das Gerücht aus, dass er in seinem Penthouse nur noch aus dem Fenster starre und auf den Tod warte. Doch aus unerfindlichen Gründen wollte das Leben aber nicht von ihm lassen. So war er dazu verdammt zu beobachten, wie seine einzelnen Glieder immer mehr ihren Dienst versagten, bis fast ein Dutzend Personen damit beschäftigt waren, ihn zu versorgen.

Walter ging nach diesem letzten Treffen erleichtert in seine Firma. Sie erschien ihm an diesem Morgen wieder wesentlich größer und unantastbarer als noch am Tage zuvor. Dem Griff des Kraken hatte er sein Unternehmen entrissen. Es war für ihn ein Gefühl, wie er es lange nicht mehr gespürt hatte. Jetzt sah er wieder eine Zukunft für die Firma. Sie war gesund und wieder fest in eigener Hand. Bereit, in die Hände eines Jüngeren gelegt zu werden.

Jeden seiner Mitarbeiter grüßte er enthusiastisch und bemerkte dabei nicht die niedergeschlagene Stimmung, die bei jedem Einzelnen herrschte. Er stürmte an seiner

Sekretärin vorbei und warf seinen Mantel an die Garderobe.

„Rufen Sie bitte Steffen Claasen zu mir!", rief er und ließ die Tür seines Büros ins Schloss fallen.

Seine Sekretärin folgte ihm zügig, während die anderen Mitarbeiter sich wieder beschämt an ihre Arbeit machten oder weitertuschelten.

„Was ist denn mit Claasen?", fragte Walter ungeduldig. „Wo bleibt er denn?"

Die Sekretärin sah ihn verschreckt an.

„Du lieber Gott, was ist denn ...? Was sehen Sie mich so an?" Walter ließ sich in seinen Sessel fallen und legte die Füße auf seine Fußbank, die er neben seinem Schreibtisch stehen hatte.

Seine Sekretärin kam mit zaghaften Schritten auf seinen Schreibtisch zu und verknotete unsicher ihre Finger.

„Raus damit!", forderte Walter.

„Ich ... ich ...", druckste sie herum. Nur mühsam konnte sie sich überwinden zu erzählen, was sie erst wenige Minuten zuvor erfahren hatte. Am Telefon war ihr mitgeteilt worden, dass Steffen nicht kommen würde.

Inga hatte ohnehin kaum geschlafen, und so hatte sie sich sehr früh am Morgen entschlossen, den Anruf in der Firma hinter sich zu bringen. Sie wusste, wie Walter und Steffen zueinander standen. Und somit wusste sie, dass es ohnehin auf sie zukommen würde, diesen Anruf zu tätigen. Und sie sah einfach keinen Nutzen darin, diesen Anruf aufzuschieben. Sie hatte einfach nur angerufen und Walters Sekretärin nüchtern geschildert, was geschehen war. Auch hatte sie mitgeteilt, dass sie keinen Wert darauf legen würde, dass sich die Firma um sie oder ihren Sohn kümmere. Sie hatte ihren Mann verloren. Im weitesten

Sinne sogar an die Firma. Sie wollte nicht auch noch ihre Eigenständigkeit verlieren. Inga wusste, dass sie stark genug war, dies ohne die Fürsorge der Firma durchzustehen.

Ebenso sicher und nüchtern hatte die Sekretärin versucht, die Geschehnisse zu schildern. Es gelang ihr allerdings mehr schlecht als recht, und so war sie sehr erleichtert, als sie es endlich hinter sich hatte und Walter sie bat, sein Büro zu verlassen.

Walter war froh zu sitzen. Er hatte das Gefühl, als sei ihm der Boden unter seinen Füßen entzogen worden. Er fühlte sich in diesem Moment unendlich leer. Er saß in seinem Sessel in seinem Büro, und es kam ihm ungleich größer vor. Zu groß für einen einzelnen Menschen. Zu groß für ihn und seinen Verlust, der ihn in dieser unendlichen Weite seines Büros zu erdrücken drohte. Es kam ihm so unwirklich vor. Erst gestern hatten sie über die Zukunft der Firma gebrütet. Er, Walter, hatte sich mit dem Gedanken, sich zur Ruhe zu setzen, nicht nur angefreundet, er hatte sich in den letzten Stunden, wenn nicht Tagen, darauf gefreut. Und nun saß er doch wieder allein vor dem großen Berg Arbeit. Zudem hatte er jemanden verloren, zu dem er ein väterlich freundschaftliches Verhältnis hatte. Er fühlte sich leer, und nichts konnte dies in dem Moment ändern.

ACHT

Eine Woche später.

Der Sommerduft lag über den saftigen grünen Bäumen. Ohne weitere Beachtung für die Leute schritt der Tag voran. Es war später Vormittag. Der laue Wind wehte Inga und Thomas um die Nasen. Wortlos saßen sie nebeneinander auf der Parkbank und ließen ihre Blicke über die Gräber schweifen. Einige hatten imposante Grabsteine, die nur den Sinn haben konnten zu glorifizieren. Andere hatten schlichte Steine, wieder andere hatten überhaupt keine.

Sie saßen auf der Bank, gleich neben dem Grab von Steffen, das auf einer kleinen Anhöhe in diesem

Parkfriedhof lag. Über die weiten grünen Flächen schlängelten sich die Pfade, einige Leute gingen mit betretenen Mienen an ihnen vorüber.

Beide hatten sie sich für diesen Tag angemessen angezogen, und nun saßen sie auf dieser von Moos befallenen Bank. Es war eine Verschnaufpause für sie. Gerade war die Beerdigung zu Ende gegangen, der Sarg in die Erde gelassen. Auf einem der Pfade konnten sie die anderen zu den Autos gehen sehen. Nur die Familie war gekommen, und Walter. Langsam trotteten sie wieder zu den Autos. Walter war der Letzte, den sie noch sehen konnten. Mit gesenktem Kopf und seinen Händen tief in den Manteltaschen vergraben, folgte er den anderen. Sie machten sich auf den Weg, um mit den gleichen betretenen Mienen auch noch den Nachmittag miteinander zu verbringen. In irgendeinem Café war noch ein Raum gemietet worden, abseits gelegen, mit schönen grünen Samtpolstern.

Inga und Thomas saßen auf der Bank und atmeten ruhig vor sich hin. Sie sagten nichts. Es gab in diesem Moment auch nichts zu sagen. Sie wussten beide, wie die Situation war, und sie wussten auch, was sie für sie beide bedeutete. Sie saßen nur da, sahen in die Ferne und falteten ihre Hände vor ihren Knien. Vielleicht dachten sie gerade an ihren Verlust. Bestimmt taten sie es, aber was gab es darüber schon zu sagen? Geredet hatten sie die vergangene Woche darüber doch eigentlich genug.

Inga spürte nicht den geringsten Anflug von Schwäche. Sie selbst war am meisten davon überrascht. Sie konnte es sich einfach nicht erklären. Erst nach langem Kampf war sie der Sucht entronnen, und nach einem solchen Verlust hatte sie erwartet am ehesten wieder rückfällig zu werden. Doch es geschah nicht. Daran, dass sie sich nun allein um Thomas zu kümmern hatte, konnte es nicht gelegen haben. Es war vor drei Jahren schließlich nicht anders gewesen. Steffen hatte ständig gearbeitet, sodass sie schon damals der eigentlich einzige Bezugspunkt für Thomas war. Und das hatte sie damals nicht davon abgehalten, das Trinken anzufangen.

Sie sah in das offene Grab hinein, in das gerade eben erst ihr Mann gelassen worden war, und stellte sich genau diese Frage. Warum war sie in diesem Moment so stark? Sie konnte zwar die Blumengestecke auf dem Sarg sehen und das polierte Holz des Sarges, doch eine Antwort erhielt sie nicht. Dann verwarf sie die Frage und kramte eine Zigarette aus ihrer Tasche hervor, die sie auf ihren Knien abgestellt hatte. Nach dem Anzünden der Zigarette zögerte sie kurz und sah Thomas an.

„Du bist doch Nichtraucher, nicht wahr?", fragte sie.

Thomas sah sie mit eher teilnahmslosem Gesichtsausdruck an.

„Heute nicht ...", erwiderte er und nahm sich eine Zigarette aus ihrer Schachtel.

„Du solltest nicht mit dem Rauchen anfangen", sagte sie und pustete genüsslich den Rauch aus.

„Ich hab die ganzen drei Jahre geraucht", entgegnete Thomas.

„Das wusste ich nicht."

„Du wusstest vieles nicht."

Sie rauchten. Inga sah ihrem Sohn aus den Augenwinkeln zu. Eher verwundert beobachtete sie, wie selbstverständlich er einen Zug nach dem anderen nahm.

Ihr wurde in diesem Moment überdeutlich, dass sie Thomas erst wieder kennen lernen musste. Zu lang waren die drei Jahre gewesen, in denen sie nicht für ihn hatte da sein können. Er hatte sich offenbar wesentlich weiter entwickelt, als sie es vermutet hatte. Fünfzehn war er, kein Kind mehr. Sie war fast ein wenig betrübt darüber, dass sie es nicht hatte miterleben können, wie er seine Kindheit abgestreift hatte.

„Sei nicht so stark, Thomas. Das macht mir Angst", sagte sie mit ruhiger Stimme. „Lass mich für uns beide stark sein."

„Ich bin nicht stark. Ich kann nur nicht weinen", erwiderte er. „Ich habe nicht einmal das Gefühl, meinen Vater verloren zu haben. Er war sowieso nicht für mich da."

„Sag das nicht. Er wollte nur das Beste für dich."

„Was nützt mir das Beste, wenn meine Eltern nicht für mich da sind?", fragte er.

„Ich bin jetzt wieder für dich da", meinte Inga.

„Und wie lange? Bis zum nächsten Suff?", fragte Thomas vorwurfsvoll.

„Ich hoffe nicht, dass es je wieder dazu kommen wird. Ich bete dafür, und ich habe viel dafür in den letzten drei Jahren getan." Inga nahm ihren Sohn in den Arm. „Lass mich wieder für dich da sein. Versuchen wir es wieder. Wir beide, hm?"

Sie sah ihn an, wie er gebeugt neben ihr saß und auf seine gefalteten Hände starrte. Dann sah sie mit einem leichten Seufzer wieder über das Areal.

„Ich möchte, dass wir es allen zeigen. So leicht lassen wir uns nicht unterkriegen. Die warten doch alle nur darauf, dass wir beide scheitern. Aber diesen Gefallen tun wir ihnen nicht. Du nicht und ich nicht."

Thomas rührte sich nicht. Er wünschte sich die Stärke seiner Mutter. Er flehte innerlich danach. Konnte sie es? War sie wirklich stark genug? Selbst wenn doch nicht, die Familie würde helfen. Ganz sicher. Doris und die anderen. Und er musste jetzt nur ihre Hand nehmen, und sie spüren lassen, dass er bereit war. Bereit dazu, sie die Last tragen zu lassen. Stark zu sein für sie beide. Er sehnte sich danach.

Inga, die Löwenmutter.

Sie saßen nebeneinander auf der Bank, die anderen waren längst hinter den Büschen verschwunden und waren vielleicht sogar schon bei den Autos. Auf dem Weg zu den grünen Samtpolstern. Inga und Thomas rauchten, ganz ohne Hast, sahen in die Ferne, und gelegentlich beobachteten sie aus den Augenwinkeln den anderen. Es kribbelte in Thomas' Hand. Sie wollte schon viel eher zur Hand seiner Mutter wandern. Nur er konnte sich noch nicht dazu entschließen. Obwohl – was gab es da noch zu überlegen? Er wünschte es sich, und sie hatte es ihm angeboten.

Thomas war bereits am Filter angelangt, als er seine Zigarette wegschnippte. Inga wollte die Gelegenheit nutzen. Sie hatte das Gefühl, dass Thomas so weit war. Sie stand auf und reichte ihm die Hand. So stand sie neben ihm. Hoffend und wartend, mit ihrer Hand vor ihm, in Höhe seiner Schulter. Nur langsam sah er auf. Atmete innerlich tief durch und ließ seine Angst fallen. Er griff ihre Hand und stand auf. Es war ein schönes Gefühl. Er konnte sie spüren, ihre Stärke. Sie brachte sie für beide auf und das spürte er. Seine Angst war wie weggeblasen. Er war froh, ihre Hand genommen zu haben. Symbolisch,

177

für einen neuen Anfang. So machten auch sie sich jetzt auf den Weg. Entlang den verschlungenen Pfaden auf den weitläufigen grünen Flächen des Friedhofs, zu den grünen Samtpolstern.

Mit herzlichem Dank für die Hilfe bei Dingen, von denen ich keine Ahnung habe an Rainer Eckhardt, Günter Hülse und Karin Weiss

Bisher von Lüthje erschienen

Großstadtromeos
Roman, 208 Seiten, ISBN 3-89811-247-0
Libri Books On Demand, 1999